www.tredition.de

AF196376

Für mich

Günter Ganz

Prägungen
durch eine
Freiburger Nachkriegsfamilie

Mit ADHS durchs Leben kommen

www.tredition.de

© 2021 Günter Ganz

Verlag und Druck: tredition GmbH, Halenreie 42, 22359 Hamburg

978-3-347-24489-4(Paperback)
978-3-347-24490-0(Hardcover)
978-3-347-24491-7 (e-Book)

Bibliografische Information der Deutschen Nationalbibliothek: Die Deutsche Nationalbibliothek verzeichnet diese Publikation in der Deutschen Nationalbibliografie; detaillierte bibliografische Daten sind im Internet über http://dnb.d-nb.de abrufbar.
Die Bilder auf der Vorder- und Rückseite stammen aus dem Archiv des Autors.
Die Bilder auf der Titel- und der Rückseite stammen aus dem Archiv des Autors.

Das Leben kann nur
nach rückwärts ver-
standen, aber nur nach
vorwärts gelebt wer-
den.
nach S. Kierkegaard

Das mit unserem Gedächtnis ist eine trügerische Sache. Es ist nie
ganz ehrlich mit uns. Die beiden Brüder, Günter und Peter, haben in
vielen Gesprächen ihre Erinnerungen aus der Kindheits- und Ju-
gendzeit miteinander verglichen. Die reinen Fakten stimmen über-
ein. Trotzdem hat jeder der beiden dieselbe Situation individuell etwas anders erlebt. Aus dem subjektiven Erleben heraus verstehen
wir unsere Vergangenheit und unser Leben bis heute. Es prägt auch
unser Verhalten für die Zukunft.

Ausgehend von der harten Nachkriegszeit im fast völlig zer-
bombten Freiburg mit verheerendem Nahrungsmangel, spannt sich
der Bogen bis zu Günters Eintritt ins Berufsleben im Jahre 1979.

Aus dem legasthenischen ADHS-Jungen Günter (Jahrgang 1946)
wurde in einer oft schmerzlichen Entwicklung über viele Stationen
doch noch ein promovierter Pädagoge. Aus seinem Bruder Peter, einem nicht ganz so auffälligen Jungen (Jahrgang 1943) wurde, nachdem dieser sein persönliches Chaos überwunden hatte, ein promovierter Arzt mit eigener Praxis. Dazu kam noch eine spät geborene
Schwester Diana (Jahrgang 1961), die ihre ganz eigene Geschichte
nur selbst erzählen kann. Das ganze Familienleben bestand aus un-
vorhersehbaren Irrungen und Wirrungen, die das Zusammenleben
immer wieder nachhaltig erschütterten.

Filme verbrennen

Es war an einem trüben Septembertag im Jahr 1970, als Günters Mutter zum letzten Mal Röntgenaufnahmen aus Krankenhäusern verbrannte. Sie holte einen Packen der Röntgenfilme aus der Hütte hinter ihr, rollte diese zusammen, öffnete den Deckel eines der drei alten Kanonenöfen, die vor der Hütte standen, und stieß die Rolle in die heiße Glut im Ofen. Dann schloss sie den Deckel wieder, drehte sich um, ging in die Hütte, nahm den nächsten Packen der großen quadratischen Röntgenaufnahmen, rollte auch diesen zusammen und stieß ihn in einen der anderen Öfen. Dies wiederholte sie solange, bis die letzten Filme, die noch in der Hütte lagerten, verbrannt waren. Es war eine heiße und schmutzige Arbeit, die sie in all den vielen Jahren geleistet hatte. Die Hütte war leer, die Filme verbrannt und damit war für diesen Tag und für alle Zeiten Schluss mit dieser Arbeit.

Ihr Mann Eugen holte sie, wie vorher schon immer, auch am Nachmittag dieses letzten Arbeitstages ab. Er ging zu Fuß vom Bauernhof zur Hütte hinauf und half seiner Frau bei den abschließenden Arbeiten.

Auf dem Weg hinab zum Hof drehten sie sich noch einmal um und nahmen mit Wehmut einen letzten Eindruck der alten und etwas baufälligen Hütte in sich auf. Über Jahre hinweg war das der Arbeitsplatz von Maria, Günters und Peters Mutter gewesen. Bei Wind, Regen, Schnee, Sonnenschein, Hitze im Sommer und Kälte im Winter stand sie vor den Öfen und verbrannte Röntgenfilme. Nach diesem Tag also, an dem die letzten Filme in die Öfen gestoßen worden waren, war das Kapitel Silbergewinnung aus Röntgenfilmen abgeschlossen. Einige Jahre hatte die Familie auf diese Weise zwar keine Reichtümer verdient, doch es reichte für ein gutes Auskommen. Dieser Teil des Einkommens fiel nun weg.

Sie mussten die Verbrennung der Röntgenfilme aufgeben, weil einige Wochen zuvor zwei Kontrolleure von der Industrie- und

Handelskammer die Brennstelle besucht hatten. Die beiden Herren schlugen die Hände über dem Kopf zusammen, denn eine solche Arbeitsstätte hatten sie bei ihren Kontrollen noch nicht gesehen. Eine alte Hütte, in der Berge von Röntgenfilmen lagerten, ein nicht sehr stabiler, mit Bohlen befestigter Vorplatz, auf dem drei altersschwache Kanonenöfen standen. Eine blonde Frau in einer Arbeitshose mit Kittelschürze, die Röntgenfilme zusammenrollte und damit die Öfen befeuerte. Es stank und rauchte.

Solche umweltbelastenden Emissionen durften zu dieser Zeit schon nicht mehr sein. In ihrem abschließenden Bericht forderten die Kontrolleure die sofortige Einstellung der Arbeiten. Als Alternative, so schlugen sie vor, könnte man andere Öfen mit Filteranlagen einsetzen. Eine solche Investition war nicht zu leisten. Also wurden die restlichen Filme noch verbrannt und dann die Arbeiten eingestellt. Einer der beiden Prüfer, der in der näheren Umgebung wohnte, sagte, dass ihm nun klar sei, woher die Rauchwolken, die er häufig bei der Heimfahrt Richtung Waldkirch hinter dem Hügel hatte aufsteigen sehen, gekommen seien.

Von Zeit zu Zeit flog ein Hubschrauber über das Brennhäuschen. Dieser kam von der französischen Hubschrauberstaffel am Freiburger Flugplatz. Vielleicht hatten die Hubschrauberbesatzungen die einsame Frau vor der Hütte mit den rauchenden Öfen gesehen und diese Beobachtung weitergemeldet. Gleich wie, das Verbrennen von Röntgenfilmen musste eingestellt werden.

Unten am Hof angekommen, verabschiedete sich das Ehepaar von der alten Bäuerin und ihrem ewig nach Alkohol riechenden Sohn und stiege in seinen Ford. Eugen bevorzugte seit vielen Jahren diese Automarke. Sie fuhren nach Hause in ihr Fertighaus, das sie sich von den Einnahmen des Silbergeschäftes hatten bauen können. Der Jungbauer erklärte sich bereit, die Öfen und die anderen Überbleibsel zu entsorgen – wie immer gegen Bares.

An diesem Abend, als die Filmverbrennung endgültig eingestellt worden war, saß die Familie zusammen und ließ die Jahre der Silbergewinnung aus Röntgenfilmen Revue passieren. Die Eltern, Peter und Günter. Diana, die kleine Schwester war auch dabei, aber noch zu jung, um mitreden zu können. Viele Geschichten, die die Familie und ihre Mitarbeiter bei der Beschaffung, dem Transport der Filme und bei den Grenzübertritten erlebt hatten, wurden noch einmal erzählt. „Weißt du noch, wie das damals an der Schweizer Grenze lief, als die uns nicht passieren lassen wollten?" „Erinnerst du dich an den Ärger im Elsass bei der Abrechnung im Krankenhaus?" Es gab bei den Erzählungen auch viel zu lachen.

Wie alles begann

Die Silberrückgewinnung aus Fixierbädern, mit der einstmals alles angefangen hatte, lief noch viele Jahre weiter. Das gesamte Silbergeschäft wurde von Anfang an in einem sehr kleinen und überschaubaren Rahmen betrieben. Für eine Ausweitung des Geschäftsbetriebes fehlte der Familie der unternehmerische Ehrgeiz. Trotz der Energie der Mutter, ihrem Tatendrang und ihrer Risikobereitschaft blieb es bei dem „Klein-Klein" des Unternehmens.

Günter war acht Jahre alt als 1954 die Idee der Silberrückgewinnung aus Fixierbädern Gestalt annahm.

Seine Eltern waren bei ihrem Hausarzt zum Kaffee eingeladen. Die Einladung war eine Anerkennung dafür, dass sie dem Arzt bei der Renovierung seiner Praxisräume und der privaten Wohnung tatkräftig geholfen hatten.

Der Arzt hatte den Vater nach dessen teilweiser Magenresektion und der Nierentuberkulose als Patient übernommen und versorgte ihn sehr gut. Daraus entstand zwar keine Freundschaft, aber doch ein besonderes Verhältnis. Die Eltern kamen sehr aufgeregt von diesem Kaffeekränzchen zurück. Es gab nur noch ein Gesprächsthema:

Silber. Der Bruder ihres Hausarztes war bei der Kaffeeeinladung auch mit dabei. Dieser war Chemiker und erzählte, wie er sich sein Studium finanziert hatte. Er hatte in Krankenhäusern die Fixierbäder, in denen die Röntgenfilme entwickelt wurden, eingesammelt und das darin enthaltene Silber herausgezogen. Er erzählte auch, dass das recht einfach zu bewerkstelligen sei. Man müsse dem Fixierbad nur kaustische Soda zusetzen und warten, bis sich am Boden eine Schlammschicht gebildet hätte. In diesem Schlamm sei das Silber enthalten. Die Degussa, eine Firma in Pforzheim, würde diesen Schlamm, wenn er getrocknet sei, weiterverarbeiten und das Silber gänzlich herausziehen. Das Geld bekäme man, nach Abzug der Kosten, dann per Scheck. Er erzählte auch noch, dass durch die Verbrennung von Röntgenfilmen ebenfalls Silber zu gewinnen sei.

Mit diesen Informationen kamen die Eltern nach Hause. Mit der Mutter ging sofort die Phantasie durch. Sie sah hier eine einmalige Chance, aus den ärmlichen Verhältnissen der Granatgasse herauszukommen.

„Komm, das probieren wir auch." Sie malte dem Vater in begeisternden Worten aus, wie die Familie mit der Rückgewinnung von Silber aus den Fixierbädern aus der Granatgasse wegkommen könnte. Er zweifelte, aber schließlich ließ er sich von dem Eifer seiner Frau anstecken. Die Aufregung übertrug sich auch auf Günter und Peter. Die beiden hatten zwar keine Ahnung, worum es letztlich ging, empfanden aber die Spannung, die in den Gesprächen mitschwang. Sie spürten, dass sich hier etwas Wichtiges für die Familie anzubahnen schien.

Die Eltern stürzten sich sofort in die Organisation. „Wo bekommen wir die Fixierbäder her?" „Wie können wir diese transportieren und in der Wohnung verarbeiten?" „Wo gibt es diese kaustische Soda und was ist das überhaupt?" Das waren die Fragen, die die Mutter mit ihrem Mann ständig diskutierte.

Die chemischen Hintergründe der Silberrückgewinnung interessierten sie nicht weiter. Sie wollten nur wissen, wo man die notwendige Soda bekam und was man damit machen musste. Würde die Degussa auch mit ihnen Geschäfte machen? Viele Fragen, die die Mutter nicht entmutigten sondern vorwärts trieben. Sie wollte alle Informationen sammeln, die notwendig waren, um das Silber aus den Fixierbädern herausziehen zu können, wie der Chemiker es ihnen erzählt hatte. Nach vielen Gesprächen gingen die beiden ans Werk.

Im Josephskrankenhaus in Freiburg fragten sie zuerst nach, ob sie die Fixierbäder bekommen könnten. Der Vater zeigte viel Geschick bei den Verhandlungen. Dieses Verhandlungsgeschick konnte er sein Leben lang immer wieder gewinnbringend einsetzen. Dadurch gelang es ihm auch viele Jahre später, ein Baugrundstück für die Familie in Heuweiler zu bekommen, obwohl diese Grundstücke nur an Einheimische verkauft werden sollten.

Als Gegenleistung für die überlassenen Fixierbäder boten die Eltern an, die Röntgenabteilung zu putzen. Die Röntgenschwestern sagten zu, denn die Lösung, in der die Röntgenfilme entwickelt wurden, wurde normalerweise einfach weggeschüttet. Zudem sparten sich die Schwestern das lästige Putzen der Röntgenabteilung. Als Transportmittel diente ein Fahrradanhänger, der am Dienstfahrrad von Günters Vater angehängt werden konnte. Als Transportgefäß besorgten sie sich vom Milchhändler in der Granatgasse alte Milchkannen in verschiedenen Größen, meist fassten sie 30 oder 40 Liter. In der Konviktstraße, unweit der Granatgasse, fanden sie einen Chemiker, der ihnen die kaustische Soda in Kilogrammtüten sehr teuer verkaufte.

Jetzt konnte es losgehen. Zunächst fingen sie mit einer Milchkanne an. Mit Fahrrad und Anhänger, auf dem die Kannen standen, machten sie sich am Abend auf den Weg ins Josephskrankenhaus.

Die Tanks zur Entwicklung der Röntgenfilme mussten geleert werden. Der Vater saugte mit einem Schlauch das Fixierbad an und leitete es in die mitgebrachte große Milchkanne.

Zwei Stunden später, nachdem die Entwicklungsflüssigkeit umgefüllt und die Röntgenabteilung geputzt war, kamen sie zurück. Die Milchkanne mit der Flüssigkeit wurde im unteren Vorraum der Wohnung in der Granatgasse abgestellt.

Mit einem Schlauch saugte der Vater, wiederum mit dem Mund, die Lösung aus der Milchkanne an und brachte immer einige Liter in einem Blechgefäß die steile Treppe hinauf in die Küche. Sie hatten sich bereits drei kleine Zinkwannen, in die die Flüssigkeit geschüttet wurde, besorgt. Das Fixierbad wurde in einer der Zinkwannen auf dem steinernen Spülbecken mit der kaustischen Soda vermischt. Es setzte sich nach einiger Zeit tatsächlich Schlamm ab. Die überstehende Flüssigkeit saugte Vater über einen Schlauch an und leitete sie in den Ausguss. Jetzt galt es zu warten, bis der Schlamm getrocknet war. Die Zinkwanne mit dem Schlamm wurde zum Trocknen auf den Herd gestellt. Diese Prozedur wurde solange durchgeführt, bis die Milchkanne leer war. Das Trocknen dauerte lange. Vater packte den getrockneten Schlamm in ein Paket und schickte dieses an die Degussa nach Pforzheim. Es dauerte eine Woche, bis eine Antwort kam. Sie teilte mit, dass sie das Silber herausgezogen hätten. Nach Abzug der Unkosten blieben ein paar wenige Mark übrig. Ein Scheck war beigelegt. Es war ein magerer Verdienst für die viele Arbeit. In häuslichen Gesprächen der Eltern wurde über das weitere Vorgehen beraten. Peter und Günter hörten immer gespannt zu.

„Wir dürfen nicht aufgeben. Vielleicht können wir die Bäder erwärmen und mehr Soda zugeben. Wir versuchen es einfach. Es wird sich zeigen, ob es klappt." sagte die Mutter zu ihrem Mann. Sie verbesserten Schritt für Schritt die Technik und langsam zeigten sich kleine Erfolge. Trotz der kleinen Fortschritte blieb es lange Zeit bei den spärlichen Ergebnissen.

„Wir fragen noch in der Uniklinik nach Fixierbädern". Umgehend wurden die Ideen in die Tat umgesetzt.

Bereits zwei Wochen später bekamen sie, zu den gleichen Bedingungen wie im Josephskrankenhaus, die Entwicklungsbäder aus den Universitätskliniken in Freiburg. Sie putzten die Röntgenabteilungen und transportierten die Bäder nach Hause. So zogen abends immer wieder zwei Gestalten mit einem alten Fahrrad durch die Stadt, hielten eine oder zwei große Milchkannen auf dem kleinen Anhänger fest und strebten der Granatgasse zu.

Monatelang arbeiteten sie auf diese Weise weiter. Die Ergebnisse blieben enttäuschend. Doch sie gaben nicht auf. Sie veränderten die Technik noch weiter. Das Fixierbad wurde erwärmt, die Menge an Soda erhöht und der Schlamm noch besser getrocknet. Endlich gab der Erfolg ihnen recht, denn bald schon floss das Geld, das von der Degussa mit einem Scheck kam, etwas reichlicher. Die Rente vom Vater, die er als 100% Kriegsversehrter bekam, und der Arbeitslohn der Mutter reichten zum Überleben, aber mehr auch nicht. Die Mutter sagte immer: „Zuviel zum Sterben und zu wenig zum Leben." Sie hatte ehrgeizige Pläne, sie wollte mehr verdienen und weg aus der Granatgasse in eine schönere Wohnung. Es dauerte aber noch sehr lange, bis dieser Wunsch in Erfüllung gehen sollte. Die Fixierbäder eröffneten nach den Anfangsschwierigkeiten erst einmal die Möglichkeit, an mehr als nur ans Überleben zu denken. Es konnten etwas mehr Anschaffungen gemacht werden. Der Gewinn aus den Fixierbädern wurde als Anzahlung für ein Auto gespart. Auf Drängen der Mutter wurde, nachdem das Geld beisammen war, ein alter VW Käfer auf Wechselbasis gekauft. Oft mussten die Wechsel prolongiert, das heißt der Zeitpunkt der Zahlung hinausgeschoben werden. Die Zahlungsfrist wurde zwar verlängert, aber auf diese Weise schrappte die Familie oft knapp an einer Zahlungsunfähigkeit vorbei. Der Vater kam damit immer nur schwer klar, während die Mutter diese Phasen ohne größere Probleme wegsteckte. Die Unsicherheit, den fälligen Wechsel einlösen zu können oder ihn wieder einmal prolongieren zu müssen, zehrte aber trotzdem, wenn auch verschieden stark, an den Nerven der beiden. Die Stimmung war dementsprechend oft gereizt. Immer nach vorne schauen und niemals aufgeben, war Mutters Devise. Von jetzt an wurden die Fixierbäder mit dem Auto geholt. Damit konnten sie auch den Aktionsradius deutlich erweitern. Der Beifahrersitz konnte schnell herausgenommen werden und schon war Platz für eine bis zwei Milchkannen gewonnen. Es wurden nun auch Krankenhäuser in der Umgebung angefragt. Sie bekamen mehr Fixierbäder, mussten aber in manchen Krankenhäusern schon etwas Geld dafür bezahlen. Das mit dem Putzen der Röntgenabteilungen reichte nicht mehr aus. Die Röntgenschwestern und die Angestellten der Röntgenabteilungen hatten auf diese Weise ein kleines Taschengeld. Da es niemanden interessierte, was mit den Fixierbädern geschah, gab es auch keine Kontrolle. Mehr Fixierbäder brachten dann irgendwann tatsächlich auch etwas mehr Geld in den Haushalt.

Das Auto wurde natürlich nicht nur für den Transport der Fixierbäder genutzt. Den Buben wurde eingeschärft, auf Fragen von Nachbarn immer zu sagen, dass das Auto ein Firmenwagen sei. Die Eltern wollten vermeiden, dass die Nachbarn im Granatgässle neidisch würden.

Der VW Käfer hatte hinten eine kleine ovale Scheibe und ein Schiebedach. Er war der ganze Stolz der Familie.

Sie fuhren sonntags mit dem alten Käfer voll Selbstbewusstsein zu den Verwandten im Schwarzwald, denn sie waren nun die Ersten in der Familie, die ein Auto besaßen. Peter und Günter saßen auf der Rückbank. Sie spielten, lärmten und krochen in den Kasten hinter der Rückbank. Der Vater fuhr gerne und so schnell, wie es mit dem alten Auto möglich war. Die Buben standen oft auf der Rückbank und streckten während der Fahrt die Köpfe aus dem Schiebedach. Sie feixten und freuten sich über eine rasante Fahrt. Ihr Vater war ein guter Autofahrer, denn er hatte vor einiger Zeit noch bei den Franzosen als Fahrer gearbeitet.

Günter

Günter dachte an dem Abend der Erinnerungen, als das Verbrennen der Röntgenfilme aufgegeben werden musste, auch an seine eigene Geschichte und die erste Zeit seines Lebens im Granatgässle in Freiburg, wo das Silbergeschäft 1954 begonnen hatte.

Günter wurde am 09.Oktober 1946 um 14:30 Uhr als Günter Eugen Albert Ganz, Geburtsregister 146/1946 in Hölzlebruck, das zu Neustadt im Schwarzwald gehörte geboren. Er war kein Wunschkind. Gab es zu dieser Zeit überhaupt Wunschkinder? Es war kurz nach Kriegsende und ein Kind zu versorgen stellte eher eine Belastung denn eine Freude dar. Es gab wenig zu essen und kaum ausreichend Wohnraum - wie sollte man sich da noch um das Wohlergehen von Kindern kümmern. Auf die Freuden der Sexualität wollte man aber doch nicht verzichten. Kinder in die Welt zu setzen planten jedoch wohl nur wenige Paare zu dieser Zeit, in der es primär ums eigene Überleben ging. Viele Kinder wurden unbeabsichtigt gezeugt, denn Verhütung war noch Glückssache.

Der Sohn, dem sie nach der Geburt den Rufnamen Günter gaben, war aber nun mal unterwegs und sollte auch auf die Welt kommen. Er war also kein Wunschkind wohl aber Anlass für die Hochzeit seiner Eltern.

Seine Mutter erzählte ihm viel später einmal, dass er eine Sturzgeburt gewesen sei. Der Arzt, der die Hausgeburt in Hölzlebruck leitete, habe ihn wieder zurückgeschoben oder doch daran gehindert, so schnell zur Welt zu kommen. „Der kommt viel zu schnell, das ist nicht gut", sagte der Arzt und verhinderte eine zu rasante Geburt.

Es scheint, als wäre seine schnelle Geburt symbolisch für sein gesamtes späteres Leben. Er war immer schnell, ungeduldig, laut und manchmal auch unmäßig. Alles musste immer sofort sein und schnell gehen. Wenn etwas nicht schnell klappte, wurde er mit sich und anderen ungehalten und manchmal auch böse. Sein Zorn, der in solchen Momenten kaum zu steuern war, wurde von den Eltern mit aller Macht unterdrückt. Was sollte aus einem solchen Kind werden? Dass er ein typischer ADHS – Mensch (Aufmerksamkeits-Defizit-Hyperaktivitäts-Störung) ist, erfuhr er erst im späten Erwachsenenalter von einer Therapeutin, zu der er wegen einiger seiner Probleme gegangen war. Diese erkannte auf Grund seiner Lebensgeschichte und nach diversen Tests, dass er ein ausgeprägtes ADHS – Syndrom habe. Sie sagte ihm einmal: „Es ist fast schon ein Wunder, dass Sie Ihren Weg trotzdem recht erfolgreich gehen konnten. Eine gewisse Resilienz hat es Ihnen ermöglicht, mit den Belastungen umzugehen." Erst da konnte er manche seiner Verhaltensweisen bewusst einordnen, denn nun hatten die Belastungen einen Namen. Jetzt hatte er auch eine Erklärung dafür, weshalb er sich oft nicht auf Mitmenschen, mit denen er gerade im Gespräch war, konzentrieren konnte. Günter ließ sich durch viele Kleinigkeiten, die er am Rande wahrnahm, ablenken. Die ADHS – Problematik sollte ihn sein Leben lang begleiten. Vor allem seine Impulsivität machte ihm in manchen Situationen zu schaffen. Ein großes Problem für ihn und für andere war, dass er sich nur schwer unterordnen konnte. Auf Druck von außen reagierte er meist mit Widerspenstigkeit und auch deutlicher Abwehr, bis hin zur völligen Verweigerung. Gelegentlich wehrte er sich auch gegen den Druck, den er sich selbst machte. Er beugte sich nur, wenn es unumgänglich notwendig war. Das machte ihm später den Umgang mit Vorgesetzten nicht immer leicht.

Über seine Eltern und Großeltern wusste er nur sehr wenig, denn es waren seltene Momente, in denen die Vergangenheit der Familie Thema von Gesprächen war. Sehr selten erfuhren er und sein Bruder

Peter etwas Genaueres über die Eltern. Einige der spärlichen Informationen hat Günter gut in seinem Gedächtnis aufbewahrt.

Die Mutter Maria

Maria, Peters und Günters Mutter, war die jüngste Tochter von insgesamt sechs Kindern, vier Mädchen und zwei Jungen. Dazu waren in der Familie noch zwei Pflegekinder aufgenommen worden. Maria wurde am ersten März 1922 geboren. Sie durfte als einziges Kind der Familie, da sie fleißig und intelligent war, aufs Gymnasium gehen. Nach zwei Jahren konnten sich ihre Eltern das Schulgeld nicht mehr leisten und so musste sie auf die Höhere Handelsschule wechseln, wo sie die Mittlere Reife ablegte. Danach absolvierte sie eine kaufmännische Lehre als Kontoristin. Nach der Lehre bekam sie eine Stelle im Büro eines großen Freiburgers Fahrradhändlers. Dort arbeitete sie auch noch während des Zweiten Weltkrieges. In der Kriegszeit wurde sie allerdings für einige Monate dienstverpflichtet und musste in einer kriegswichtigen Munitionsfabrik im Schwäbischen arbeiten. Erst danach konnte sie wieder nach Freiburg zu ihrer ursprünglichen Arbeit zurückkehren. Sie heiratete 1941 ihren ersten Mann Franz, einen Freiburger, der als Soldat bei der Marine in Norddeutschland seinen Dienst versah. 1943 kam Peter auf die Welt. Von Peters Vater wussten die Brüder nur, dass dieser 1945, kurz nach Kriegsende, bei einem Minenräumkommando auf der Nordsee gefallen war. Ein mit Munition beladenes Schiff sollte im Skagerrak gezielt gesprengt werden. Es explodierte zu früh und riss einige Soldaten mit in den Tod.

Erst viele Jahre später erfuhren die beiden, dass Peter ein Kuckuckskind war. Seine Mutter hatte, während sie im Krieg in Freiburg arbeitete, ein Verhältnis mit einem Medizinstudenten, der dann der biologische Vater von Peter wurde. Der Student versuchte selbst eine Abtreibung, die aber das Leben der schwangeren Maria in Gefahr brachte. Sie musste mit schweren Blutungen ins Krankenhaus gebracht werden. Es war unklar, ob Mutter und Kind überleben würden. Beide überlebten den verpfuschten Eingriff. Peter, wie er nach seiner Geburt getauft wurde, wollte auf die Welt kommen.

Als klar war, dass sie das Kind behalten würde, musste schnell eine Lösung gefunden werden, denn sie war die Ehefrau eines Soldaten. Marias Mutter Anna fand rasch eine brauchbare Lösung. Die Schwangere fuhr sofort zu ihrem Mann in den Norden, wo dieser bei der Marine stationiert war. Die Schwangerschaft konnte danach so arrangiert werden, dass Franz, ihr Mann, später als Vater durchgehen konnte. So wurde Anna Peters Oma. Sie war stets eine lösungsorientierte Frau, die immer vehement und meist mit Erfolg ihre Ideen durchsetzte. Peters Mutter machte bei diesem Plan mit und hatte Erfolg. Sie entwickelte ein ähnliches Durchsetzungsvermögen und fand meist praktikable Lösungen für anstehende Probleme.

Peter wurde am 1. Dezember 1943 in Freiburg geboren.

Erst Jahre später, als erwachsener Mann, setzte er sich mit der Tatsache auseinander, dass er ein Kuckuckskind war. Er erfuhr aber nie mit letzter Sicherheit, wer sein biologischer Vater wirklich war. Die Auskünfte seiner Mutter waren immer eher vage. Peter hat sich wohl gut mit dieser Ungewissheit arrangiert.

Nachdem Peters offizieller Vater 1945 gefallen war, musste Maria mit ihrem Sohn wieder bei ihren Eltern in Hölzlebruck wohnen. Als die Franzosen 1945 Neustadt besetzten, wurde sie für die Kommandantur als Bürokraft verpflichtet, da sie auf der Höheren Handelsschule etwas Französisch gelernt hatte. Aber bereits Ende 1946 entließen die Franzosen sie wie auch viele andere dienstverpflichtete deutschen Kräfte wieder, da die Besatzungsarmee ihre Truppen neu organisierte und vermehrt eigene zivile Kräfte einsetzte.

Der Vater Eugen

Über die Geschichte seines Vaters erfuhr Günter nicht sehr viel. Bis auf wenige Ausnahmen, wenn dieser einmal etwas über seine Kindheit erzählte, schwieg er sich über seine Vergangenheit weitgehend aus. Soviel stand fest: Er wurde 1921 als unehelicher Sohn einer Bauerntochter im Schwarzwald geboren. Da dies in den 20er Jahren auf dem Land untragbar war, adoptierte der Vater seiner Mutter Wilhelmine, also Eugens Großvater diesen unehelichen Sohn seiner Tochter. Damit wurde er der jüngste Sohn in einer Familie mit sieben Kindern. Sein Großvater Lambert betrieb einen kleinen Bauernhof in Kappel im Schwarzwald. Es ging dem Kind als jüngstem Spross in dieser Familie nicht sehr gut. Er war der ungeliebte „Balg" der Tochter des alten Ganz, wie sein Großvater allgemein genannt wurde.

Vor allem als Eugens Großmutter in der Scheune des Bauernhofes tödlich verunglückte, wurde seine Situation nahezu unerträglich. Seine Großmutter hatte ihn immer vor den Angriffen der älteren Geschwister in Schutz genommen. Seine sehr viel älteren Stiefbrüder machten ihm nun das Leben noch schwerer, denn er musste, als er alt genug war, alle ungeliebten Arbeiten auf dem Hof übernehmen. Die wenigen Jahre in der Dorfschule wurden durch die Sonntagsschule ergänzt. So lernte er zumindest ordentlich Lesen, Schreiben und Rechnen.

Um aus dieser Familie wegzukommen, meldete er sich 1938 mit 17 Jahren als Berufssoldat zur Infanterie. Er machte nach der ersten Ausbildung und einigen Dienstjahren relativ schnell Karriere und wurde Feldwebel. Für einen Bauernbub in dieser Zeit war das ein großer Erfolg. Er erhielt im Kriegseinsatz das Eiserne Kreuz erster Klasse und die Nahkampfspange.

Seinen ersten Kriegseinsatz leistete Eugen in Frankreich. Er war ein gutaussehender junger Mann und hatte eine französische Freundin in Paris, bei der er gelegentlich übernachtete. Eines Tages kam er, nach einer langen Nacht, so erzählte er, sehr viel zu spät in die Kaserne zurück. Da die Regeln in der Armee zu dieser Zeit sehr streng waren, stellte man ihn wegen vermeintlicher Fahnenflucht vor ein Kriegsgericht. Er wurde degradiert und nach Russland an die Front versetzt. Seine Freundin hat er nie mehr gesehen. Die Franzosen haben nach dem Krieg die Frauen, die sich mit Deutschen einließen, als Kollaborateurinnen hart bestraft. Man kann nur hoffen, dass dies der Freundin von Eugen erspart geblieben ist.

Sein gesamtes weiteres Leben gestaltete sich immer irgendwie in Abhängigkeit von seinem Verhältnis zum weiblichen Geschlecht.

Über die Zeit in Russland erzählte er kaum etwas. Wenige Andeutungen von Kriegshandlungen und dem Verhalten der Deutschen gegenüber der Zivilbevölkerung und den russischen Gefangenen ließen erahnen, dass er dort sehr viele negative Erlebnisse hatte und auch selbst unangenehme und gefährliche Erfahrungen machen musste. Er litt nicht nur wegen der dramatischen Kriegsereignisse, sondern auch darunter, dass er keinerlei Nachrichten oder Zuwendungen von seiner Familie erhielt.

Er erzählte einmal, dass seine Kameraden in Russland zum Beispiel an Weihnachten Pakete von zu Hause bekamen. Er bekam nie eines. Trotzdem hat er nach dem Krieg, als er wieder zu Hause war, den Kontakt zu seiner Mutter nicht abgebrochen.

Nachdem der Befehlshaber seiner Einheit erkannte, dass weiteres Kämpfen sinnlos geworden war, entließ er seine Soldaten und sagte ihnen, sie sollten versuchen, sich nach Westen durchzuschlagen. Mit einem Teil der Truppe gelangte Eugen über abenteuerliche Wege soweit in den Westen, dass sie in amerikanische und nicht in russische Gefangenschaft kamen. Die Amerikaner transportierten ihre Gefangenen dann noch weiter nach Westen in ein Gefangenenlager. Bereits nach kurzer Zeit wurde Eugen dort als Lagerpolizist eingesetzt. Die amerikanische Armee entließ ihn mit den notwendigen Papieren bereits Ende 1945. Auf seine eigene Initiative gelangte er dann in das französische Besatzungsgebiet und landete wieder in Neustadt, nahe seiner Kappeler Heimat. Hier bei den Franzosen ging es ihm nicht schlecht. Er wurde als Fahrer eingesetzt, unter anderem auch für einen französischen Offizier. Glück hatte er dabei auch noch. Eines Nachts, als er den Offizier nach einer Feier nach Hause fahren sollte, war er so betrunken, dass der Franzose ihn nach Hause fuhr, was glücklicherweise keine weiteren Konsequenzen für Eugen hatte.

Weil die Besatzungsmacht immer mehr eigene, französische Kräfte anstellte, wurde er bald entlassen. Er fing eine Ausbildung als Säger und Holzfacharbeiter in einem Sägewerk in Neustadt an. Es war eine kurze Ausbildung, aber er hatte damit einen anerkannten Beruf.

Bald schon nach dem Krieg wurde er schwer krank. Er litt an einer Nierentuberkulose, durch die er eine Niere verlor. Zudem musste Eugen einen zweimaligen Magendurchbruch mit einer Teilresektion des Magens und einige Operationen auf Leben und Tod überstehen. Ein Arzt im Krankenhaus sagte ihm, es solle sein Leben noch genießen, denn er würde nicht alt werden.

Heirat der Eltern

Während der Zeit in der Kommandantur lernte Maria Eugen kennen, der für die Franzosen als Fahrer arbeitete. Die beiden haben sich verliebt und irgendwann im Frühjahr des Jahres 1946 Günter gezeugt. Im April 1946 heirateten sie. Maria war im dritten Monat schwanger. Im Oktober kam Günter zur Welt.

Maria Ganz, geborene Merkle, verwitwete Greber, konnte, nachdem sie von den Franzosen entlassen worden war, sehr bald ihre Arbeit als Kontoristin in einer Freiburger Firma wieder aufnehmen. Der Start in die Ehe stand unter keinem guten Stern. Günters und Peters Oma Anna aus Hölzlebruck lehnte den neuen Partner ihrer

Tochter von Grund auf ab. Eugen war in ihren Augen ein Habenichts, der es nie zu etwas bringen würde.

Die Jungvermählten wohnten zunächst noch getrennt in Freiburg, da sie keine Wohnung finden konnten. Günter musste deshalb noch bis 1947 in Hölzlebruck bei der Großmutter, die von allen nur Oma genannt wurde, bleiben. Die wollte aber nicht auch noch diesen Enkel für längere Zeit im Haus haben. Der Junge sollte so schnell wie möglich zu seinen Eltern nach Freiburg gebracht werden.

Im Frühjahr 1947 bekamen Eugen und Maria im Granatgässle bei der Schwabentorbrücke im vom Krieg ansonsten fast völlig zerstörten Freiburg eine kleine Zweizimmerwohnung mit Küche.

Grundlagen der Existenz

Mit ihrer Energie und ihrer Tatkraft übernahm Günters Mutter die Regie über die junge Familie und trieb diese voran. Maria hatte ihren Eugen geheiratet und kämpfte in den folgenden Jahren wie eine Löwin um das Wohlergehen der Familie. Es war ihrem Kampfgeist zu verdanken, dass ihr Mann in den 50er Jahren nach einigen schwierigen Gerichtsprozessen mit vielen Gutachtern und einem empathischen und cleveren Anwalt als 100% Kriegsversehrter anerkannt wurde. Seine Ausbildung als Säger, als Holzfacharbeiter, genügte, um ihm eine Berufsunfähigkeitsrente zu sichern. Damit hatte die Familie mit der Invaliden- und Berufsunfähigkeitsrente ein kleines Grundeinkommen.

Die Mutter brachte später das Silbergeschäft voran, und als dieses aufgegeben werden musste, arbeitete sie eine kurze Zeit als selbstständige Kreditvermittlerin. Als dann die Kreditvermittlung nicht mehr lief, bekam sie eine Stelle als Arbeitsvermittlerin beim Arbeitsamt. Sie war immer aktiv, regelte das Familienleben und hatte ihre Männer, Eugen, Peter und Günter, fest im Griff.

Bruder Peter in Hölzlebruck

Günters (Halb-)Bruder Peter, der drei Jahre älter war, lebte seit seiner Geburt 1943 bei den Großeltern in Hölzlebruck. In das Dorf kam man nach dem Krieg zunächst nur auf abenteuerliche Weise. Die Ravennabrücke, das Ravennaviadukt, wurde 1945 kurz vor Kriegsende von deutschen Pionieren gesprengt. Bis zum Wiederaufbau der Brücke 1947 mussten Reisende zwischen den Stationen Höllsteig und Hinterzarten zu Fuß gehen. Es wurde bald ein einfacher Pendelverkehr mit holzgasbetriebenen Lastwagen eingerichtet, der den Reisenden den langen Fußmarsch ersparte.

Die Franzosen ließen die Brücke von deutschen Kriegsgefangenen im Eiltempo ab 1946 wieder aufbauen. Schnell vor allem deshalb, damit sie die riesigen Holzmengen, die als deutsche Reparationsleistungen erbracht werden mussten, vom Schwarzwald nach Frankreich transportieren konnten. Die Franzosen holzten in diesem Zusammenhang große Teile des südlichen Schwarzwaldes ab und transportierten das Holz nach Frankreich. Als die Brücke 1947 fertiggestellt war, konnte die Zivilbevölkerung und damit auch Günters Familie wieder von Freiburg nach Neustadt und zurück mit dem Zug fahren. An dem kleinen Bahnhof Hölzlebruck musste man aussteigen und noch etwa einen Kilometer zu Fuß gehen, wenn man die Großeltern im „grünen Haus" besuchen wollte. Im Winter, wenn viel Schnee lag, war das ein beschwerlicher Weg. Es wurde einfach „grünes Haus" genannt, weil die Schindeln, mit denen die Wände bedeckt waren, eben grün angestrichen waren. Das Haus war ein kleiner Wohnblock in dem sechs Familien wohnten. Daneben stand das „braune Haus".

Die Familie fuhr häufig nach Hölzlebruck zu den Großeltern, da Peter und Günter sich aneinander gewöhnen sollten. Das war nicht so einfach, da Peter drei Jahre älter und der von der Oma verwöhnte Enkel war. Günter der ungeliebte zweite Enkel hatte es nicht leicht in Hölzlebruck. Die beiden Halbbrüder konnten zunächst nichts miteinander anfangen. Jeder war der Konkurrent des anderen. Ganz gleichgültig, wer was anstellte, Günter war der zappelige Böse, der von der Großmutter immer bestraft wurde, ganz gleich, wer was getan hatte. Seine Unruhe und seine Aufsässigkeit machten ihn zu einem bevorzugten Ziel von Strafaktionen seitens der Großmutter.

Peter kommt nach Freiburg

1951 sollte Peter nun in die Schule kommen. Seine Mutter bestand darauf, dass er in Freiburg eingeschult werden müsse. Damit galt es für Peter, Abschied zu nehmen von seiner Oma, die ihn sehr verwöhnte und bei der er viele Freiheiten hatte. Er wehrte sich mit Händen und Füßen gegen diese Umsiedlung. Aber es half nichts, er musste in die neue Familie ins Granatgässchen kommen. Peter und Günter kannten sich zwar schon, konnten aber nichts miteinander anfangen. Sie waren von Anfang an Konkurrenten. Sie schliefen in dem kleinen Zimmer neben dem Wohnzimmer. Peter schlief am Fenster und Günter an der gegenüberliegenden Wand. Peter besaß einen Eisenroller mit Hartgummireifen. Diesen dufte er von Hölzlebruck nach Freiburg mitnehmen. Günter wollte auch mit dem Roller fahren, durfte das aber nur sehr selten, weil Peter den Roller nicht gerne hergab. Nur durch die Intervention der Eltern durfte auch Günter den Roller benutzen. Das war auch der Grund für manche der ersten Streitereien zwischen den Brüdern. Die Eltern ließen Peter fast alles durchgehen, nur damit er sich in seiner neuen Familie wohlfühlen sollte. Er nutzte seine Rolle schamlos aus und der „Kleine", wie Günter von nun an genannt wurde, war meist der Verlierer. Das förderte nicht gerade brüderlichen Frieden. Häufiger Streit war die Folge. Peter hatte strickte Order, „den Kleinen", nicht zu schlagen. Oft gerieten sie aber aneinander und Prügeleien waren die Folge. Als Günter wieder einmal nach einem Streit weinend dasaß, versuchte Peter mit allen Mitteln, die Tränen seines kleinen Bruders zu trocknen, damit er nicht wieder Ärger mit der Mutter bekäme. Günter half mit, denn auch er wollte nicht, dass es Ärger mit der Mutter gab.

Ein Ritual, das beide über sich ergehen lassen mussten, brachte sie allerdings ungewollt einander etwas näher. Nachdem Peter in Freiburg war, bekamen sie über einen längeren Zeitraum jeden Abend einen Löffel Lebertran. Das Zeug schmeckte so eklig, dass es die Buben jedes Mal würgte. Es gab aber kein Entrinnen. Ihr Vater verabreichte jedem der beiden seinen Löffel Lebertran. Das diente der Vorbeugung gegen Rachitis. Auch andere Mangelerscheinungen durch unzureichende Ernährung sollten damit vermieden werden. Lebertran sei gesund, wurde gesagt, da er vor allem die Vitamine D und A enthalten würde. Seit diesem Zeitpunkt verband Günter mit dem Wort „gesund" immer etwas Übelschmeckendes. Erst einige Jahre später mischte man dem Lebertran Geschmacksstoffe bei, die ihn süß schmecken ließen. Das war aber für die Brüder zu spät.

Die Affaire des Vaters

Günters Vater hatte, als er Maria kennenlernte noch ein Verhältnis mit einer anderen Frau aus Neustadt. Diese bekam ebenfalls ein Kind von ihm. Maria wusste von dieser Frau und deren Kind. Sie agierte und arrangierte es so, dass diese Frau mit ihrem Sohn, Günters Halbbruder, aus der Gegend wegzog und in Ulm heimisch wurde. Die „Nebenfrau" musste weg. Wie Maria das geschafft hatte, wurde nie offen angesprochen.

Kurz vor seinem Tod erzählte Günters Vater ihm von diesem anderen Kind und sagte ganz lapidar, dass er sich sehr gut ein Leben ohne Familie und ohne Kinder hätte vorstellen können. Aber das Leben spielte ein anderes Spiel. Er wurde Vater, er wurde geheiratet und fügte sich in sein Schicksal.

Nachkriegszeit im Granatgässle

Freiburg wurde zwischen 1943 und 1945 mehrfach von Bombenangriffen der britischen und amerikanischen Streitkräfte heimgesucht, obwohl die Stadt keine kriegswichtige Bedeutung hatte. Der schwerste Angriff erfolgte am 27.November 1944 um 20:00 Uhr. Die britische Luftwaffe warf etwa 15.000 Bomben über der Stadt ab. Dabei starben nahezu 2800 Menschen. Durch das Flächenbombardement wurde fast die gesamte Altstadt zerstört. Das Freiburger Münster blieb wunderbarerweise bei diesem verheerenden Angriff unversehrt. Bis in den März 1945 hinein flogen alliierte Bombengeschwader Angriffe auf die Stadt. Auch bei diesen Bombardements kamen zahlreiche Menschen ums Leben und es wurden weitere Stadtteile zerstört.

Im Jahre 1947 war Freiburg noch immer eine große Trümmerlandschaft, wenn auch erste Aufräumarbeiten Erfolge zeigten. Der Grundriss der Altstadt konnte beim Wiederaufbau nahezu vollständig erhalten bleiben. Die Trümmer wurden mit der Trümmerbahn zum Flückigersee transportiert.

Eugen und Maria holten in diesem Jahr ihren Sohn Günter zu sich ins Granatgässle. Peter blieb zunächst noch bei seiner Großmutter in Hölzlebruck.

Die gesamte Nachkriegszeit im Südwesten war geprägt von Unsicherheit und Angst.

1945, gleich nach dem Einmarsch der Franzosen in Neustadt und Freiburg, herrschte, wie Großeltern und Eltern berichteten, das reine Chaos und völlige Willkür. Es war eine harte und gefährliche Zeit. Rücksichtslose Plünderungen und Vergewaltigungen durch die französischen Soldaten, vor allem durch die Marokkaner in der französischen Armee, waren an der Tagesordnung. Die Lage entspannte sich erst, als vermehrt französisches Zivilpersonal eingesetzt wurde.

Übergriffe auf die Zivilbevölkerung wurden inzwischen nicht mehr offiziell geduldet, fanden aber dennoch ständig statt.

Die Menschen in der französischen Besatzungszone mussten immense Entbehrungen erdulden. In der französischen Zone herrschte große Not. Die französische Besatzungsmacht agierte mit *äußerster* Härte gegen die deutsche Zivilbevölkerung. Die Besatzungssoldaten tyrannisierten die Bevölkerung und die französische Regierung isolierte ihre Besatzungszone systematisch von den drei anderen Siegermächten. Wenige Besatzungssoldaten bemühten sich, eine positive Beziehung zur deutschen Bevölkerung aufzubauen. Eine Ursache für die Härte war wohl unter anderem die, dass die Franzosen nicht als gleichberechtigte Siegermacht anerkannt wurden. Sie waren beispielsweise nicht zur Konferenz in Potsdam eingeladen worden und verkrafteten ihre Stellung als Siegermacht zweiter Ordnung nur schwer. Deshalb stand Frankreich, die ehemalige Grande Nation, die schwer unter der Schmach litt, für eine gewisse Zeit dem Marshallplan der Amerikaner kritisch gegenüber. Frankreich wollte vor allem ein Erstarken Deutschlands verhindern. Die Amerikaner verlangten, dass die Reparationspolitik der Franzosen gegenüber Deutschland aufgegeben werden musste, damit Frankreich mehr Gelder aus dem Marshallplan erhalten könne. Erst etwa 1951 stellten die Franzosen daraufhin die Demontage Deutschlands ein. Frankreich ließ zunächst auch keine Lebensmittellieferungen von ausländischen Hilfsorganisationen für das französische Besatzungsgebiet zu. In den anderen westlichen Besatzungszonen ging es den Menschen deutlich besser, denn dort wurde die Zivilbevölkerung von den Besatzungsmächten besser mit Lebensmitteln versorgt. Die Franzosen beschlagnahmten auch drei Jahre nach dem Krieg noch immer Haushaltsgegenstände aus Privathaushalten. Die Beschwerden der deutschen Verwaltungen nützten kaum etwas. Man kann annehmen, dass Hass und Vergeltung die treibenden Kräfte dieser Vorgehensweise war. Erst 1948 setzte langsam ein Umdenken ein.

Die Franzosen erlaubten nun mehr Lebensmittellieferungen von internationalen Organisationen für die Zivilbevölkerung. Zudem lockerten sie auch langsam die Einstellungssperren für ehemalige Parteimitglieder, so dass wieder mehr Menschen in Lohn und Brot kamen. Trotzdem gab es noch immer viel zu wenig Lebensmittel, kaum ausreichend Kleidung, vor allem keine Schuhe. Die Hungerszeit hielt in dieser Zone bis zur Gründung der Bundesrepublik im Jahre 1949 an. Erst langsam konnte durch die ausländischen Hilfslieferungen die gröbste Not etwas gemildert werden.

Teile der Freiburger Bevölkerung mussten, da die wenigen noch bewohnbaren Wohnungen häufig für die Besatzungssoldaten requiriert worden waren, unter oft unmenschlichen Bedingungen in den Trümmern der fast völlig zerstörten Stadt hausen. Die Stadt Freiburg musste großzügige Neubauten für die Besatzungssoldaten und ihre Familien errichten. Die Franzosen errichten in der Stadt eigene Schulen.

In den wenigen noch intakten Häusern der Stadt lebten viele Menschen auf engstem Raum zusammen, was selbstverständlich auch Konflikte mit sich brachte.

Der Schulunterricht sollte eigentlich ab Oktober 1945 wieder regulär stattfinden. Das war aber größtenteils nicht möglich, denn die Lehrer fehlten. Viele Lehrer waren Mitglied in der NSDAP gewesen und durften deshalb zunächst nicht unterrichten, waren sogar interniert. So wurden also unverdächtige Rentner und auch Studenten für einen einigermaßen geordneten Schulunterricht in den teilweise zerstörten Schulhäusern eingesetzt. Es gab keine Schulbücher, denn solche aus dem dritten Reich durften nicht mehr verwendet werden. Neue Schulbücher waren noch nicht vorhanden. Es war also Improvisation auf allen Ebenen angesagt.

Es ging Günters Familie, die noch ohne Peter in Freiburg lebte, zu dieser Zeit nicht gut. In dem kalten Winter 1947 waren fast keine Lebensmittel zu bekommen. Es war ein wirklicher Hungerwinter.

Günters Mutter erzählte ihm später, dass die Familie kaum etwas zu essen hatte, dass alle hungern mussten. Da sie ein Kleinkind zu versorgen hatte, bekam sie allerdings CARE-Pakete, die sie am Wiehrebahnhof abholen konnte. Fast zehn Millionen CARE-Pakete mit Lebensmitteln, Kleidung oder auch Werkzeugen erreichen in dieser Zeit Deutschland. Die Pakete im Wert von 15 US-Dollar ernährten eine Familie für einen Monat und retten damit buchstäblich Leben. Die Mutter stand dann mit vielen anderen Frauen - Männer waren nicht so oft zu sehen - vor den Baracken am Wiehrebahnhof und wartete auf die Verteilung der Pakete. C.A.R.E. stand für: "Cooperative for American Remittances to Europe". Günter wusste von all dem nichts, aber diese Pakete hielten ihn und seine Eltern am Leben.

Ein C.A.R.E. - Standardpaket von 1947 enthielt:
1 Pfund Rindfleisch in Kraftbrühe
1 Pfund Steaks und Nieren
½ Pfund Leber
½ Pfund Corned Beef
¾ Pfund „Prem" (Fleisch zum Mittagessen, ähnlich dem heutigen Frühstücksfleisch)
½ Pfund Speck
2 Pfund Margarine
1 Pfund Schweineschmalz
2 Pfund Zucker
1 Pfund Honig
1 Pfund Schokolade
1 Pfund Rosinen
1 Pfund Aprikosen-Konserven
½ Pfund Eipulver
2 Pfund Vollmilch-Pulver
2 Pfund Kaffee

Hilfe kam auch von der „Schweizer Spende", den „Quäkern" und auch aus Schweden. So konnte zumindest die größte Not der Bevölkerung etwas gemildert werden. Günters Eltern kämpften um jedes Gramm Nahrung, das sie irgendwie beschaffen konnten. Zudem fuhren sie an den Wochenenden mit dem Zug mit unzähligen anderen Menschen an den Kaiserstuhl, um Lebensmittel von den Bauern zu organisieren. Das Hamstern war zwar verboten, wurde aber wegen der Not der Freiburger Bevölkerung geduldet. Alles, was man entbehren konnte, wurde gegen Lebensmittel getauscht. Hatte man nichts zu tauschen, so musste man eben betteln. Oft wurden die Hamsterer beschimpft, weggejagt und mussten gegen Abend mit leeren Händen beschämt nach Hause gehen.

Da manche Bauern Mitleid mit dem Säugling, der bei den Hamstertouren mitgenommen wurde, hatten bekamen Günters Eltern doch gelegentlich einige Lebensmittel geschenkt.

Da Nahrungsmittel also für alle Freiburger Bürger mehr als rar waren, musste man eben auch andere Wege finden, um welche zu organisieren. Eugen lernte einige Männer kennen, die wussten, wie man Lebensmittel organisieren könnte. Am Wiehrebahnhof kamen immer wieder Züge mit Versorgungsgütern für die französischen Soldaten und die französischen zivilen Verwaltungsbediensteten an. Diese Waggons könne man leicht aufbrechen und ein paar Lebensmittel mitgehen lassen, sagte einer der Männer. Wenn sie also erfuhren, dass Transporte aus Frankreich am Bahnhof angekommen waren, gingen sie sofort ans Werk. Sie brachen einige Waggons auf und jeder nahm an Lebensmitteln mit, was er tragen konnte. Ein paar Mal ging das auch gut. Den Franzosen blieben die Raubzüge allerdings nicht lange verborgen. Eines Tages wartete die Polizei bereits auf die Männer, die sich an den Waggons zu schaffen machten. Sie wurden auf frischer Tat ertappt, verhaftet und schnell vor Gericht gestellt. Einige der Männer hatten Anwälte. Günters Vater hatte keinen Verteidiger, denn den konnte er sich nicht leisten. Aber er hatte Glück, denn ein Rechtsanwalt, der einen der anderen Männer vertrat, übernahm kostenlos nebenbei auch die Verteidigung von Günters Vater. Eugen war ein kleiner Mitläufer und auch noch krank. Er wurde als Mitläufer wegen Mundraubes freigesprochen. Das sogenannte „Fringsen", wie man diese Art der Lebensmittelbeschaffung nannte, wurde nicht sehr hart bestraft. Der Kölner Kardinal Frings vertrat zu dieser Zeit die Auffassung, dass hungernde Menschen sich auch auf illegalem Weg Nahrungsmittel beschaffen dürften. Günters Vater kam mit einem blauen Auge davon. Er versuchte nie mehr, auf diese Art Lebensmittel zu beschaffen. Für eine kriminelle Karriere fehlte ihm das Talent. Er hatte eher beim Hamstern bei den Bauern Erfolg, da er als Bauernsohn deren Sprache sprach. Bei späteren Urlauben auf dem Bauernhof war er immer ein willkommener Gast, da er auch gerne auf dem Feld bei den Mäharbeiten mithalf.

Gelegentlich verrichtete der Vater zu der Zeit, als Günter noch nicht mit der Familie im Granatgässle wohnte, Hilfstätigkeiten bei einem Freiburger Optiker. Eine Lupe, die er dort einmal herstellte, begleitete die Familie über all die Jahre hinweg. Günter hat sie heute noch in Gebrauch. Eugen wurde entlassen, weil der Optiker seine Brillenproduktion einstellte.

Die Großeltern in Hölzlebruck

In Hölzlebruck, wo Peter bei seinen Großeltern lebte, gab es zwar auch nicht viel zu essen, aber auf dem Land war die Versorgungslage dennoch etwas besser als in den Städten. Aber auch hier mussten die Menschen, die keine Landwirtschaft hatten, bei den Bauern betteln gehen. Die Großmutter nahm Peter oft mit auf ihre Hamsterwanderungen. Sie marschierte mit ihm das Jostal entlang zu den Bauern. Dass sie ihren Enkel auf diese Touren mitnahm war auch Berechnung, denn wenn ein kleiner Junge dabei war, gaben manche schon aus Mitleid etwas mehr. Eine häufige Mahlzeit in Hölzlebruck bei der Oma war eingebrannte Mehlsuppe mit einem Löffel Essig. Das war eine dünne, mit Wasser zubereitete Suppe. Aber mehr gab der Speiseplan normalerweise nicht her. Diese dünne Mehlsuppe gab es auch in Freiburg bei Günters Familie. Er aß diese ganz gerne.

Großmutter hatte beim Hamstern auf dem Lande im Schwarzwald etwas mehr Erfolg, als die Städter, die an den Kaiserstuhl gingen. In der größten Not bekam Günters Familie in Freiburg auch etwas von den Gaben der Bauern im Schwarzwald ab. Zudem hatte Peters Großmutter noch das Glück, dass ein freundlicher französischer Offizier in den Anfängen der Besatzungszeit bei ihrer Familie einquartiert worden war. Dieser hatte zu Hause in Frankreich auch eine Familie mit einem kleinen Jungen in Peters Alter. Er brachte gelegentlich kleine Mengen an Lebensmitteln und manchmal auch etwas Schokolade für den Buben mit. Vor allem der mitgebrachte Kaffee war heißbegehrt.

Günter der Unruhige und Günter der Zornige

Günter war nach seiner rasanten Geburt, so wurde ihm immer wieder vorgehalten, ein Dauerschreier, auch noch als er 1947 von Hölzlebruck zu seinen Eltern in das Granatgässle kam.

In der kleinen Wohnung musste sein Vater oft nächtelang mit dem weinenden Kind durch die Wohnung wandern, damit es sich einigermaßen beruhigte und die Nachbarn nicht gestört wurden. Die Eltern waren wegen des schreienden Jungen reichlich zermürbt, denn zumindest die Mutter musste am nächsten Tag wieder zur Arbeit gehen.

Damit, so sagten seine Eltern ihm später, war er der Grund gewesen, weshalb sie nicht noch ein Kind wollten. „Noch so eine Nervensäge wie du eine warst, wäre nicht zu ertragen gewesen", sagte sein Vater dem noch jungen Günter einmal. Günter wusste zwar um die Tatsache, dass er als Kind ein Problem für die Eltern gewesen war, aber es traf ihn doch hart, als sie ihm so unverblümt sagten, dass er ihnen so sehr auf die Nerven gegangen war, dass sie seinetwegen kein Kind mehr wollten. Die Folge war eine große emotionale Distanz zu seinen Eltern. Er war zwar materiell, soweit die Verhältnisse dies zuließen, immer ordentlich versorgt, aber er hatte das unbewusste Gefühl, emotional zu verhungern.

Günters Eltern sorgten sich zwar um das Wohl ihres Sohnes, aber das klappte nicht immer reibungslos. Günter klagte, als er noch sehr klein war, ständig über Schmerzen und fasst sich an den Kopf, ans Ohr. Seine Mutter verstand immer nur „Weh" und konnte nichts damit anfangen, da sie ihn nicht verstand. Sie war hilflos, ging aber nach einigen Tagen doch zu einem Arzt. Der untersuchte den Jungen und stellte eine heftige Mittelohrentzündung fest. Er machte der Mutter Vorwürfe, weil sie nicht früher gekommen sei. „Der Junge muss sofort in die Klinik", sagte der Arzt. Da landete er in einem Bettchen in einem Raum mit vielen anderen Kindern. Seine Eltern durften ihn nicht direkt besuchen, sie mussten durch einen Türspalt schauen, wenn sie ihren Sohn sehen wollten. An einem der Besuchstage sah er die Eltern, wie sie durch den Türspalt lugten. Er fing an zu schreien und zu toben. Das Nachbarbettchen stand ganz nah an seinem. Der andere kranke Junge bekam erst einmal durch das Gitterbettchen eine Ohrfeige. Seine hilflose Wut entlud sich recht unkontrolliert in dieser Situation. Die Eltern durften ihn bis zu seiner Entlassung aus dem Krankenhaus nicht mehr besuchen.

Peter war noch nicht bei der Familie in Freiburg, als Günter, kaum drei Jahren alt in den Kindergarten in der Wallstraße kam. Die Nonnen, die den Kindergarten leiteten, führten ein strenges Regiment. Günter war vorlaut und sehr unruhig. Die Ordensfrauen schimpften ihn aus, klebten ihm, wenn er ihnen zu unruhig wurde, ein Pflaster auf den Mund und stellten ihn in eine Ecke im großen Raum. Wenn die Kinder in der Pause in den kleinen abschüssigen Hof gingen, durfte er nicht immer mit, sondern musste im Zimmer bleiben. Wenn ihn ein anderes Kind ärgerte, wurde er schnell handgreiflich. So hatte der kleine Bursche schon manche Rangelei hinter sich gebracht. Sein Vater brachte ihn morgens zum Kindergarten und holte ihn am Mittag wieder ab. Das war die Zeit, in der der Vater wegen seiner Krankheiten nicht arbeiten gehen konnte, sondern zu Hause bleiben musste. An einem Mittag, als der Vater den Kleinen wieder einmal vom Kindergarten abholte, wurde ihm gesagt, dass er seinen Sohn nicht wieder bringen dürfe. „Ihr Sohn Günter ist zu laut, zu unruhig und zu streitsüchtig. Wir können ihn nicht länger im Kindergarten behalten, denn er beeinflusst die Gruppe negativ und ist kaum zu bändigen."

Was sollte der Vater nun mit seinem unruhigen Sohn zu Hause anfangen? Günter spielte im Hinterhof oder in der Wohnung. Er tobte sich, soweit es sein Alter zuließ, in der Gasse mit anderen Kindern aus. Immer laut, immer unterwegs und immer etwas aggressiv.

Dieter, ein Junge aus dem Vorderhaus, kam in dieser Zeit oft zu ihm und sie spielten gemeinsam. Der Junge war ein verwöhnter Knabe und machte sich einen Spaß daraus, Günter zu ärgern. In dem Vorraum vor der Küche spielten die beiden. Der Treppenabgang war mit einer kleinen Gittertüre geschützt, damit die Kinder nicht hinabfallen konnten. Dieter und er wollten in den Hof gehen und dort weiterspielen. Sein Spielkamerad war schon außen am Türchen und hielt es zu. Günter sagte ihm, dass er ihn sofort rauslassen solle. Der Junge feixte, lachte und sagte: „Die Türe bekommst du nie auf." Günter warnte ihn: „Lass mich sofort raus oder ich werfe dich die Treppe runter." Der andere lachte nur. Ein Schlag und dieser stürzte die gesamte steile Treppe hinunter. Günter erschrak fürchterlich, als er ihn die Treppe hinunterfallen sah. Sein Vater, der bei offener Türe in der Küche saß und Zigaretten stopfte, hörte den Lärm, kam sofort herausgestürzt und sah den Jungen unten an der Treppe liegen. Er rannte hinunter und stellte fest, dass ihm glücklicherweise bis auf ein paar blaue Flecken, nichts passiert war. Günters Vater nahm den Jungen und brachte ihn nach Hause. Er kam zurück und schimpfte mit seinem Sohn. Mit dem Nachbarjungen durfte er dann lange nicht mehr spielen.

Günter war auch in der Wohnung ständig in Bewegung. Zu Hause in der Küche stellte er sich gerne hinten auf die Sprossen von Stühlen, wenn jemand darauf saß. Sein Vater sagte immer wieder, dass er das lassen solle, da ein Sturz unvermeidbar wäre, wenn der, der auf dem Stuhl saß, aufstehen würde. Günter ließ nicht davon ab. Sein Vater stand irgendwann unvermittelt auf, ob unabsichtlich oder absichtlich sei dahingestellt. Günter fiel rückwärts auf den Boden und fing sofort lautstark an zu weinen. „Hör sofort auf zu schreien. Ich habe dich gewarnt. Wenn du nicht sofort aufhörst, bekommst du noch eine drauf." War der Kommentar des Vaters. Also unterdrückte er das Weinen, schluckte seine Tränen hinunter, ertrug heldenhaft den Schmerz und schwieg.

Auch unterwegs konnte er selten einfach nur ruhig mit seinen Eltern spazieren gehen. Bei einem Spaziergang im Sommer hüpfte Günter ständig hin und her, rief nach seinen Eltern, die hinter ihm gingen und achtete nicht auf den Weg. Ergebnis: Er prallte auf einen Laternenmast und tat sich sehr weh. Er weinte auch in diesem Fall sofort lauthals und wieder hieß es, er solle sofort aufhören zu heulen, weil er sonst noch einen Satz Ohrfeigen bekäme. Also musste er sich zusammenreißen und möglichst schnell das Weinen einstellen. So lernte er mit der Zeit, dass man möglichst nicht weint, wenn man schon selbst Schuld hat an seinem Unglück. Er hielt es nicht immer durch, aber meist gelang es ihm.

Die Eltern litten unter ihm, was sie ihm gelegentlich auch deutlich zu verstehen gaben. Einmal, er war krank, kam der Hausarzt zu einem Hausbesuch und wollte ihm eine Injektion geben. Er schrie und tobte und verweigerte die Spritze. Alles Zureden half nichts. Schließlich verließ der Arzt die Wohnung und sagte zornig: „ Erziehen Sie den Burschen erst mal richtig, bevor ich wiederkomme."

Seine Ängste und die große Verletzlichkeit beförderten sein impulsives und gelegentlich jähzorniges Verhalten.

Günter war sechs Jahre alt und wieder einmal bei den Großeltern in Hölzlebruck. Seine Cousine Nora war auch zu Besuch. Nora war fünf Jahre älter als Günter. Die beiden saßen am großen Wohnzimmertisch und bastelten und malten. Nora machte sich einen Spaß daraus, Günter ständig zu necken und zu ärgern. Irgendwann platze ihm der Kragen, er riss die Schere hoch und drohte ihr, dass sie sofort aufhören solle. Sein Onkel entriss dem zornigen Günter die Schere, gab ihm eine saftige Ohrfeige. Die Stimmung war dahin.

Die Eltern, die ebenfalls meist mit sich und ihrem Leben unzufrieden waren, konnten ihm nicht hilfreich zur Seite stehen. Sie waren einfach überfordert. Diese Überforderung und die herrschende Unzufriedenheit mit sich und den Lebensumständen brach sich gelegentlich Bahn und machte aus den Eltern zornige und auch unberechenbare Menschen. Hilflose Gewaltausbrüche waren dann die Folge.

Günter der Neugierige

Günter nervte seine Eltern außerdem mit seiner ständigen Neugier. Er wollte immer alles genau wissen, war neugierig und fragte ununterbrochen. Seine Fragen wurden meistens abgeblockt. Wenn sich die Eltern zu Hause über irgendetwas unterhielten, wollte er immer wissen, worum es ging. „Der Wunderfitz hat die Ohren gespitzt" und „pass ja auf, dass du auch alles mitbekommst", waren die Sprüche, die ihn begleiteten. Manchmal lauschte er an der Türe und wurde, wenn sie ihn erwischten, heftig ausgeschimpft.

Zudem passte er immer auf, was um ihn herum geschah, registrierte jede Veränderung in der Stimmlage der Eltern und der anderen Menschen um ihn herum. So lernte er, Stimmungen in seiner Umwelt zu erfassen und darauf zu reagieren. Er hörte manchmal wirklich im sprichwörtlichen Sinne „das Gras wachsen". Das war einerseits lästig, denn er überinterpretierte gelegentlich eine Situation, aber andererseits half ihm diese Fähigkeit recht oft. Zum Beispiel half es ihm immer wieder im späteren Berufsleben, Situationen mit Vorgesetzten und Kollegen besser einschätzen und entsprechend reagieren zu können.

Wenn er von der Schule nach Hause kam oder in späteren Jahren einmal zu Hause bei den Eltern vorbeischaute, hörte er bereits am Tonfall der Begrüßung, welche Stimmung gerade herrschte und konnte sich darauf einstellen. Der Gesichtsausdruck seiner Mutter in Kombination mit ihrer Stimme bei der Begrüßung konnte einen ganzen Film in ihm auslösen. Das Ausloten von Stimmungen wurde für ihn so etwas wie eine zweite Haut.

Wegen seiner Neugier war er auch immer schnell für alles Mögliche zu begeistern.

Günters Bruder Peter konnte Schach spielen. Günter wollte, als er 14 oder 15 Jahre alt war, ebenfalls Schach spielen lernen. Peter sagte, dass er dafür zu dumm sei. Günter kaufte sich ein Schachbuch und spielte jede mögliche Partie nach. Er vertiefte sich in die Logik des Spiels. Irgendwann forderte er seinen Bruder heraus und schaffte es auch, ihn nach einigen Spielen zu besiegen. Damit war sein Interesse am Schachspiel aber auch schon mehr oder weniger wieder erloschen. Er hatte sein Ziel, Peter zu schlagen, erreicht und damit war das Spiel uninteressant geworden. Erst zu Studienzeiten flackerte das Interesse am Schachspiel erneut auf, nachdem ein Kommilitone ihn herausforderte. Als auch der geschlagen war, packte er das Schachspiel wieder weg. Sein Interesse galt meist nicht der Sache an sich, sondern der entsprechenden Wirkung nach außen. Günter schrieb viele Jahre später seine Doktorarbeit über Schulkarikaturen. Als die Dissertation dann erfolgreich abgeschlossen war, interessierten ihn Schulkarikaturen nur noch mäßig.

Alltag im Granatgässle

Insgesamt wohnten in dem kleinen zweistöckigen Wohnblock im Granatgässle fünf Familien.

Im Erdgeschoss gab es eine Milchhandlung und einen Schuhmacher. In der Milchhandlung kauften die Kunden die Milch in offenen Aluminiumkannen, die ein oder zwei Liter fassten. Die Milch wurde aus großen Kannen mit einer Handpumpe in die kleinen Aluminiumkannen der Kunden gepumpt. Es gab auch etwas Käse und andere Milchprodukte, wie Joghurt zu kaufen. Der kleine Laden war auch ein Treffpunkt der Frauen der Gasse, um ein Schwätzchen zu halten. Die Milch wurde von der Milchzentrale in großen Kannen, die 30 oder 40 Liter fassten, angeliefert. Mit Stangeneis, das in Eiswagen geliefert wurde, konnte die Milch kühl gehalten werden. Günter sah den Männern, die die schweren Eisblöcke auf ihren Schultern in die Milchhandlung und auch in die Wirtschaft Neumeyer trugen, interessiert und bewundernd bei ihrer harten Arbeit zu. Sie hatten Säcke über die Schultern gelegt und darauf trugen sie die Eisstangen. Schon beim Zusehen wurde ihm kalt. In den Privathaushalten in der Granatgasse gab es noch keine Kühlungsmöglichkeit, so dass die Milch täglich frisch gekauft werden musste. Es war immer spannend für die Kinder, auf dem Nachhauseweg die Milchkannen zu schwenken und kreisen zu lassen, ohne dass Milch auslief. Meist klappte dies auch, aber gelegentlich lief doch etwas Milch aus oder wurde gänzlich verschüttet. Zu Hause gab es dann viel Ärger, weil wieder frische Milch gekauft werden musste, was bei der angespannten Finanzlage problematisch sein konnte.

In die dunkle Werkstatt des Schuhmachers musste man zwei Stufen hinabsteigen. Oft besuchte Günter in seiner Kindheit den alten Schuhmacher. Er mochte den Geruch des Leims und des Leders und freute sich, dem alten Mann bei der Arbeit zusehen zu dürfen. Der Schuhmacher hatte nichts gegen seine Besuche und erklärte ihm meist auch, was er gerade für Arbeiten verrichtete. Es waren Zeiten der Ruhe für den ansonsten unruhigen, hektischen und stotternden Jungen.

Nachbarn

In der Wohnung unter der von Günters Eltern wohnte ein Lehrer mit seiner Familie.

Der Lehrer war in den Augen der Kinder ein merkwürdiger Kauz. Er beschwerte sich ständig, wenn diese im Hof etwas laut waren, weil er dann seinen Mittagsschlaf nicht halten konnte. Seine Frau war freundlich und die beiden Kinder, eine Tochter und ein Sohn, die deutlich älter waren als Günter, waren ebenfalls sehr nett zu ihm. Isolde, die Tochter, war Günters erster Schwarm, einfach nur deswegen, weil sie sich nicht über ihn lustig machte und immer freundlich zu ihm war. Oft amüsierte sich Ihre Mutter über den kleinen Jungen, der das Mädchen anhimmelte. Sie war ein Ruhepol in seinem unruhigen Leben. Margarete war fünf Jahre älter und hatte wohl Mitleid mit Günter, dem stotternden und schwierigen Kind.

Rupert, der Sohn des Lehrers, konnte sehr gut zeichnen und zeigte ihm, wie man ein schönes Segelschiff, eine Hansekogge, zeichnen konnte. Mit Eifer stürzte Günter sich auf die selbst gestellte Aufgabe, auch so ein schönes Schiff zeichnen zu können. Stunden verbrachte er mit seinen Zeichenversuchen. Es gelang ihm nie so recht und seine Familie fand die Zeichenversuche äußerst armselig und vergeblich. Sie verspotteten ihn zwar nicht, zeigten aber deutlich, dass sie von seinen Zeichenkünsten nur wenig hielten. Keines seiner Werke fand ihre Zustimmung. Günter war eben kein Künstler und musste den milden Spott, der trotzdem verletzend war, oder die einfache Nichtbeachtung seiner Zeichenversuche aushalten. Auch später noch versuchte er immer wieder einmal heimlich, das Schiff zu zeichnen. Irgendwann sah Günter dann ein, dass seine künstlerische Begabung nicht sehr ausgeprägt war und gab resigniert auf. Er legte betrübt den Zeichenstift beiseite. Intuitiv wusste er, dass er kein Künstler war und wohl auch nie einer werden würde. Dieses unbewusste Wissen hielt leider nicht ewig, wie sein späterer Lebenslauf zeigen sollte. Einige Jahre später gab es Bastelbogen aus Pappe zum Ausschneiden. Günter baute eine Hansekogge aus Pappe und stellte diese in seinem Zimmer auf.

Günters Mutter musste, wenn wieder einmal nichts zu essen im Haus war, die Frau des Lehrers um Lebensmittel oder um Geld anpumpen. Das war nicht einfach für sie, denn eigentlich war sie zu stolz, um andere Leute um etwas zu bitten. Aber es half nichts, entweder den Stolz überwinden oder hungern. Die Frau half immer selbstlos aus, obwohl ihre eigene Familie auch nicht viel hatte. Mit dem Rückzahlen des geliehenen Geldes gab es öfters auch Probleme. Maria musste dann wieder bitten, das Geld etwas später zurückzahlen zu dürfen. Dafür gab es dann von den selbstgestopften Zigaretten, die Eugen ohne Unterlass produzierte. Es waren Zigaretten mit einem Hohlfilter, den man zum Rauchen knickte, ähnlich wie bei den russischen Papirossa. Die Familie Ganz war für diese Art der Zigaretten bekannt. Später profitierten Peter und Günter vom Stopfeifer des Vaters. Sie bedienten sich immer reichlich von den gelagerten Zigarettenvorräten, ohne dass der Vater sich beschwerte. Günters und Peters Eltern waren sehr starke Raucher, die man ihr Leben lang kaum je ohne Zigaretten gesehen. Da war es für die Brüder überhaupt keine Frage, dass auch sie später rauchen würden, meist auch schon vor dem gesetzlich genehmigten Alter von 16 Jahren mit Erlaubnis der Eltern.

Die Frau des Lehrers bekam dann eben auch von diesen Zigaretten. Dem Lehrer waren diese Leihgeschäfte immer ein Dorn im Auge. Seine Frau aber war mildtätig und half, wo es nötig war.

1950 zog eine Familie mit vier Kindern in das Haus. Der Familienvater war Schneider von Beruf und hatte ein großes Alkoholproblem. Wenn er wieder einmal völlig betrunken in der Gasse auftauchte und die anderen beschimpfte, war das einerseits für die

Nachbarn lustig, andererseits aber peinlich und manchmal auch bedrohlich, denn der Mann war sehr aggressiv. Einmal beschimpfte er einen einarmigen Kriegsveteranen als feige und als Selbstverstümmler. Dieser kam dann mit einem anderen Mann wutentbrannt aus dem Haus und die beiden verprügelten den alkoholisierten Schreier. Nach solchen Szenen ließen sich die Kinder des Schneiders einige Zeit vor Scham nicht mehr in der Gasse blicken. So ging das einige Jahre.

An manchen Nachmittagen kam er schon betrunken aus der Stadt und wankte laut schimpfend durch die Gasse in den Hof, von dem aus er zu seiner Wohnung kam. Eines Nachmittags im Frühling saß Günter, er war gerade fünf Jahre alt, in seiner kurzen Hose im Hof auf dem großen zweirädrigen Karren der Milchhandlung. Er hatte in seiner Kindheit und Jugend rote Haare, die erst im Erwachsenenalter nachdunkelten. Der Säufer entdeckte ihn, stürmte auf ihn los und schrie: „Du verdammter verlotterter Rotschopf. Sag deinem Alten, dass er sofort die junge Katze, die er meinen Kindern versprochen hat, rüberbringen soll." Der nach Alkohol riechende Mann stand bedrohlich vor dem Wagen und beschimpfte den kleinen Günter. Der Säufer kam dem verängstigten Jungen ganz nahe und drohte mit der Hand. Günter konnte nicht mehr ausweichen. Er merkte, dass ihm etwas warm am Schenkel hinunterlief. Er machte sich in die Hose. Als der Säufer weg war, rannte Günter in den Hinterhof, setzte sich in die Sonne und wartete bis seine Hose wieder von selbst trocknete. Die Scham war noch größer und für ihn erbärmlicher als die Angst vor dem Nachbarn. Nie hat jemand von dieser Schande erfahren. Zu Hause erzählte er von dem Überfall des Nachbarn, allerdings ohne seine nasse Hose zu erwähnen. Am Abend brachte der Vater eines der jungen Kätzchen zu den Kindern des Alkoholikers.

Die Wohnung im Granatgässle

Die fünf Wohnungen in dem alten Haus waren in einer merkwürdigen Art unübersichtlich angeordnet. Der Weg in die kleine Zwei-Zimmer-Wohnung, die Günters Familie bewohnte, war fast schon abenteuerlich.

Von der Gasse aus musste man zuerst einen Hof durchqueren. Dieser war von einer Mauer zur Gasse hin abgegrenzt. Der Hof und die Mauer waren bevorzugte Spielplätze der Kinder. Vom hier aus ging es rechts nach hinten durch einen schmalen, vielleicht ein Meter fünfzig breiten, ziemlich dunklen Gang, der auf der einen Seite von der Holzwand eines Schuppens und auf der anderen Seite von einem bewachsenen Maschendrahtzaun begrenzt wurde. Am Ende des Ganges führte eine Türe nach rechts in eine Art Vorraum, von dem aus man nach links in den Hinterhof des Hauses gelangte. Es war der Raum, in dem später die Milchkannen mit den Fixierbädern abgestellt wurden.

Von diesem unteren Vorraum ging nach links eine steile Treppe, fast schon eine Art Hühnerleiter, hinauf in einen oberen Vorraum. Oben angekommen, führte ein langer Gang geradeaus zu einer Wohnung, in der das alte Hausbesitzerehepaar lebte. Je näher man der Wohnungstür der beiden Alten kam, desto stärker wurde der üble Geruch, der aus der Wohnung kam. Im Sommer war das besonders schlimm.

An manchen Nachmittagen verließen die beiden Alten ihre Wohnung und kamen nach einigen Stunden meist völlig betrunken nach Hause zurück. Sie kletterten lautstark die steile Treppe hinauf, stützten sich gegenseitig, torkelten den Gang entlang und verschwanden in ihrer übelriechenden Wohnung.

Von diesem oberen Vorraum ging rechts die Wohnungstüre zur Familie Ganz ab. Hier stand ein Schränkchen, in dem Vorräte aufbewahrt wurden. Zudem mussten die Schuhe hier ausgezogen und abgestellt werden. Vor der Treppe war oben ein kleines, schwenkbares

Gitter angebracht, damit der kleine Günter nicht die Treppe hinunterstürzen konnte. Zwei Fenster zum Hof, mit Wäscheleinen davor, öffneten den Blick in den Hinterhof und auf das Nachbarhaus und ließen viel Licht herein. Im Nachbarhaus wohnte unter anderem eine Dame mit ihren zwei russischen Windhunden. Sie gab durch Sprache und Kleidung zu verstehen, dass sie etwas Besseres sei und nicht in diese ärmliche Umgebung gehöre.

Die Wohnungstüre, die direkt in die Küche führte, besaß eine Milchglasscheibe, die mit einem Vorhang versehen war. Bevor man zur Küchentüre kam, musste man an der Toilette, die immer nur „Klo" genannt wurde, vorbeigehen, denn das Klo befand sich außerhalb der Wohnung. Ein Plumpsklo mit Wasserspülung. Es bestand aus einer hölzernen Sitzfläche, in der sich ein großes Loch befand, das mit einem Holzdeckel verschlossen werden konnte. Nach Beendigung seiner Notdurft zog man an einer Kette und das Wasser schoss mit Getöse aus dem hochhängenden Wasserbehälter in die Kloschüssel. Den Hintern wischte man sich mit altem Zeitungspapier, das auf dem Holz neben dem Loch lag, ab. Eines Tages kam die Mutter völlig aufgelöst in die Küche gerannt. Der Klodeckel war verschoben und auf der hölzernen Sitzfläche lief eine Ratte herum. Ihr Mann, der keine Angst vor solchen Tieren hatte, denn er war auf einem Bauernhof aufgewachsen, nahm einen Besen und ging auf die Ratte los. Er öffnete den Klodeckel vollständig und jagte die Ratte wieder in die Kanalisation. Seit diesem Zeitpunkt hatte Günter immer etwas Angst, wenn er über dem Loch saß. Er hörte auf jedes Geräusch. Vielleicht käme ja wieder eine Ratte aus der Kanalisation herauf und würde ihn beißen. Das geschah aber nicht.

Gleich wenn man durch die Küchentüre trat, stand links der Schüttstein. Es war ein großer schwerer Stein auf zwei senkrecht stehenden Steinplatten mit einem hohen Rand. Der Wasserhahn darüber lieferte nur kaltes Wasser, das in alle Richtungen spritzte, wenn man den Hahn aufdrehte. Unter diesem Schüttstein war Platz für die Putzmittel und einige kleinere Wannen. In der hinteren linken

Ecke der Küche befand sich ein Kamin. Zwischen Kamin und Wand gab es einen Zwischenraum, in dem Eimer, Besen, Schrubber, Kehrwisch und andere Utensilien aufbewahrt wurden. Dort in dieser Nische bekam die Familienkatze ihre vier Junge.

Direkt neben dem Schüttstein stand ein Gasherd mit vier Flammen. Auf diesem wurde gekocht und unter anderem das Wasser für das wöchentliche Bad erwärmt.

Auf der rechten Seite der Küche hatte ein braunes großes Küchenbuffet aus Massivholz seinen Platz. Der Esstisch stand direkt neben dem Kamin. Auf der einen Seite vom Tisch war an der Wand Platz für eine Truhenbank, auf der die beiden Buben, als die Familie dann nach Peters Einzug im Jahr 1953 komplett war, beim Essen saßen. Ihnen gegenüber hatte der Vater seinen Platz und rechts am Kopfende stand der Stuhl ihrer Mutter.

Die Küche war das Zentrum des Familienlebens und Schauplatz manch heftiger Dramen. Streit, Geschrei, Schläge waren die Zutaten zu den familiären Trauerspielen.

Das wöchentliche Bad der Familie, das ebenfalls in der Küche stattfand, gehörte jedoch zu den angenehmen Ereignissen im Familienleben. Eine Zinkbadewanne, die im Vorraum aufbewahrt wurde, stand dann mitten in der Küche und wurde von Hand mit warmem Wasser befüllt. Zuerst waren Peter und Günter an der Reihe. Nachdem die Brüder abgeschrubbt und abgetrocknet waren, wurden sie ins Wohnzimmer verfrachtet. Die Eltern schlossen die Verbindungstüre ab, damit nun sie ungestört im selben Wasser baden konnten. Danach musste das Wasser mit einem Eimer aus der Wanne in den Schüttstein entsorgt werden. Der Badetag war immer ein Tag der guten Laune. Jeder badete gerne. Nach der Badeaktion saßen die Eltern wieder völlig angezogen mit schwarzen Haarnetzen auf dem Kopf im Wohnzimmer und feilten ihre Fingernägel.

Von der Küche aus gelangte man direkt ins Wohnzimmer.

Gleich rechts neben der Türe stand ein großer grüner Kachelofen. Dieser wurde im Winter vom Vater mit Holz und Briketts geheizt. Wenn es sehr kalt war, stellte er abends zwei Stühle vor den Kachelofen und hängte die Kleider der Familie darüber. Am Abend fütterte Eugen den Kachelofen mit Briketts, die in eine feuchte Zeitung eingeschlagen waren. So hielt der Ofen die Wärme recht lange. Morgens stand der Vater als Erster auf und legte Holz und Kohlen nach, damit das Zimmer und die Kleider schon schön warm waren, wenn die übrige Familie sich am Morgen anziehen musste. In dem Ofen befand sich eine eiserne Klappe zu einem Fach, in dem im Winter Kirschkernkissen erwärmt wurden.

In diesem Zimmer schliefen die Eltern. Ihre Betten waren getrennt an zwei gegenüberliegenden Wänden aufgestellt. Zwischen den beiden Betten stand dann irgendwann eine schwarze Musiktruhe aus Schleiflack. Im oberen Teil befand sich ein Radio und unten war ein Plattenspieler eingebaut. In einer Zimmerecke stand ein kleiner runder Tisch mit zwei schlichten grünen Sesseln.

Über dem Tisch hing ein Landschaftsbild, ein Aquarell, das der Bruder von Günters Mutter, Karl, gemalt hatte. Dieser Bruder war gelernter Landvermesser, fühlte sich jedoch der Kunst zugetan. Er malte viele Aquarelle, von denen er aber nur wenige verkaufte. Meist war er arbeitslos und schnorrte sich so durch.

Im Wohnzimmer spielte sich das Familienleben ab, wenn Besuch da war. Es war gleichzeitig aber auch das Spielzimmer für Günter. Die Besuche waren der Grund, weshalb darauf geachtet wurde, dass nach dem Spielen alles wieder ordentlich aufgeräumt werden musste. Die Verwandten aus Freiburg, Schwestern der Mutter und deren Kinder, kamen gerne zu einer Stippvisite ins Granatgässle.

Gewitter und schaurige Geschichten

Am Abend, nach einem heißen Sommertag saß die Familie im Wohnzimmer. Von Ferne zog eine schwarze Wolkenwand auf die Stadt zu. Es wurde zusehends dunkler. Fernes Donnergrollen war zu hören. Es klang bereits recht bedrohlich, war aber noch weit weg. Bald aber schon waren die ersten Blitze zu sehen und der Donner klang lauter, näher und hörte sich auch gefährlich an. Der Abstand von Blitz und Donner wurde kürzer. Wie sie es gelernt hatten, zählten Peter und Günter die Sekunden vom Blitz bis zum Donner. Drei Sekunden, so sagte man ihnen, bedeuten etwa einen Kilometer Entfernung. So genau wusste Günter nicht, was ein Kilometer ist, aber es war klar, dass es wenig für ein Gewitter war. Eugen und Dieter, ein Neffe der Mutter, saßen auf der Fensterbank des offenen Fensters und taten das Gewitter als harmlos ab. „Mach doch das Fenster zu beim Gewitter. Das ist gefährlich" sagte die Mutter. Der Vater entgegnete: „Stellt Euch nicht so an, das ist ein harmloses Gewitter und in der Stadt ist das nicht gefährlich." Die beiden Männer wollten einfach nur mutig und stark sein. Dann ein greller Blitz und gleichzeitig ein ohrenbetäubendes Krachen. Der Blitz musste ganz in der Nähe eingeschlagen sein. Der Vater und Dieter sprangen erschrocken zurück ins Zimmer. Sie waren bleich vor Schreck und sagten nichts mehr. Eugen schloss das Fenster, da auch gleichzeitig ein sturzflutartiger Regen einsetzte. Vom Heldenmut zu Beginn des Gewitters war nichts mehr übrig. Es hatte tatsächlich in die Straßenbahnleitung an der Schwabentorbrücke eingeschlagen. Daher der krachende Donner. Schlagartig war auch das Licht ausgegangen. Die Familie saß im Wohnzimmer im Halbdunkel und wartete bis das Gewitter vorübergezogen war.

Solche Gewittererlebnisse gab es in seiner Kindheit des Öfteren. Vor allem im Schwarzwald, wenn er bei seinen Großeltern im grünen Haus sein musste, gab es gelegentlich schwere Sommergewitter. Nachts, wenn ein Gewitter im Anzug war, wurden alle geweckt, wenn sie nicht schon wach waren. Alle mussten sich anziehen und ins Wohnzimmer oder in die Küche kommen. Kerzen waren gerichtet, denn meist fiel irgendwann der Strom aus und dann saß man bei Kerzenlicht beisammen. Jeder hatte Angst, dass der Blitz ins Haus einschlagen könnte. Manchmal fing jemand an, Geschichten zu erzählen. Es waren immer schaurige Geschichten von Blitzeinschlägen und Bränden. Aber auch von schaurigen Ereignissen, die einen nahen Tod ankündigten, wurde erzählt. Je stärker das Gewitter, desto schrecklicher wurden die Geschichten. Krähen, Raben oder andere Vögel, die um das Haus kreisten, würden den baldigen Tod eines Familienangehörigen anzeigen. Manchmal fielen Gegenstände aus unerklärlicher Ursache um, Uhren blieben plötzlich stehen oder ein Traum wurde Wirklichkeit und jemand, den man kannte, starb dann. Diese Schauergeschichten jagten Günter auch wirklich immer einen Schauer über den Rücken. Die Angst, die wegen des Gewitters ohnehin schon groß war, wurde nur noch verstärkt. Wenn das Gewitter vorüber war, wartete man noch eine kurze Zeit, zog sich wieder aus und ging erneut zu Bett. Günter konnte dann längere Zeit nicht mehr einschlafen.

Günter der Ängstliche

Eines der prägendsten Kapitel in seinem Leben war die Angst. Zunächst schlief Günter in einem Bettstättchen im Wohn-Schlaf-Zimmer der Eltern. Nachdem er dem Kinderbett entwachsen war, musste er alleine im kleinen Zimmer in einem großen Bett schlafen.

Er lag in seinem Bett und hatte erbärmliche Angst, allein in der Dunkelheit sein zu müssen. Seine Eltern waren zwar im Zimmer nebenan und er hörte sie, aber die Angst ging nicht weg. Eine kurze Zeit lang ließen sie die Zimmertüre noch einen Spalt breit offen, damit er sich an das Alleinsein im noch nicht ganz dunklen Zimmer gewöhnen sollte. So konnte er langsam friedlich einschlafen. Später aber wurde die Türe nicht mehr offengelassen. Er bettelte umsonst. Nein, er sollte sich jetzt daran gewöhnen, alleine bei fast völliger

Dunkelheit zu schlafen. „Du brauchst keine Angst zu haben, denn wir sind ja im Zimmer nebenan", sagten die Eltern. Es half nichts, er hatte eben Angst. Angst, dass ihn ein Ungeheuer holen würde, Angst, dass sich eine Schlange unter seinem Bett hervorschlängeln und ihn beißen würde. Weinen durfte er nicht, denn es hätte nichts gebracht, die Türe wäre nicht aufgegangen, höchstens um ihn anzufauchen, dass er nun endlich schlafen solle, sonst gäbe es Ärger.

Irgendwann schlief er ein und erwachte, wie fast jede Nacht nach seinem immer wiederkehrenden Traum von der Schlangengrube, in die er stürzte. Bevor die Schlangen ihn beißen konnten, wachte er auf. Schweißgebadet lag er eine Weile wach, achtete auf jedes Geräusch, denn sehen konnte er in dem dunklen Zimmer nichts. Er hörte seine Eltern im anderen Zimmer schnarchen. Das beruhigte ihn aber nur mäßig, denn die Schlangen konnten trotzdem überall sein. Irgendwann schlief er wieder ein und freute sich am Morgen, dass die Nacht und mit ihr die Angst und die bösen Träume vorbei war.

Die Angst vor Schlangen war allgegenwärtig, sehr oft dachte er, dass in dunklen Ecken oder auch unter dem Bett eine läge. Es lag und liegt nie eine da, aber er rechnete immer damit. Auch später hatte er manchmal Probleme, wenn er in Filmen Schlangen sah.

Jahrelang jede Nacht Angst. Angst vor Schlangen, vor der Dunkelheit und vor Monstern, die ihn angreifen.

Auch später, als sein Bruder zur Familie in die Granatgasse kam und bei ihm im Zimmer schlief, ging die Angst nie ganz weg, aber sie war zumindest etwas weniger geworden. Auch als Erwachsenen überfielen ihn immer wieder solche Angstattacken, die er aber recht gut im Griff hatte; zumindest merkte niemand etwas davon.

Er hatte als Kind vor allem Angst. Wenn es abends schon dunkel war und er vom Spielen nach Hause gehen musste, traute er sich im Granatgässle nicht, alleine den dunklen Weg zur Wohnung zu gehen. Er bettelte immer, dass jemand ihn holen solle, aber es holte ihn niemand. Immerhin kamen die Eltern ihm so weit entgegen, dass jemand am Fenster im Hinterhof stand und ihm zurief, dass er ruhig kommen könne. Für diese Art der Panik wurde er zwar nicht offen bloßgestellt, aber immer wieder gehänselt.

Gut gemeint ist nicht immer gut

Die Eltern wollten ihm seine Furchtsamkeit dadurch austreiben, dass sie ihn in den dunklen Keller schickten, etwas zu holen. Er hatte dabei immer die Befürchtung, dass ihm jemand in einer finsteren Nische auflauern und ihn umbringen würde. Es lauerte ihm niemand auf, aber die vermeintliche Bedrohung konnte er nicht abschütteln. Er hasste sich selbst wegen seiner Ängstlichkeit, aber er wurde sie nie los. Er konnte sie überspielen, aber nicht abschütteln.

Immer wieder schickten sie ihn in den Keller. Er musste dafür im Hof den Flügel einer schrägen, zweiflügligen Klappe aufwuchten und dann die schiefen Stufen hinabsteigen. Unten in einer Ecke war ein Lichtschalter, den er schleunigst zu erreichen trachtete, um zumindest das schummrige Licht einer Kellerfunzel anzuschalten. Immerhin ein wenig Licht. Das Kellerabteil von Günters Familie war im ersten großen Kellerraum. Er musste geradeaus zu dem mit einem Vorhängeschloss versehenen Kellerabteil gehen. Das wenige Licht reichte gerade aus, um das zu finden, was er holen sollte. Kartoffeln, ein Gurkenglas oder auch ein Einmachglas.

Schnellstens stürmte er aus dem Keller, um wieder ans Licht zu kommen. Kellertüre abschließen, Licht ausschalten, Treppe hochstürzen, Kellerklappe schließen und nichts wie zurück in die Wohnung rennen. Jedes Mal kam er völlig aufgelöst aus dem Keller zurück. Alle wussten, dass er sich fürchtete und doch schickten sie ihn immer wieder in den Keller. So wurde es nicht besser.

Die Steigerung des Versuchs, ihm die Angst abzugewöhnen, bestand dann darin, dass die jungen Burschen der Nachbarschaft in dem großen Keller, der aus noch viel mehr Abteilungen bestand, eine Geisterbahn einrichteten. Die schrägen Kellerklappen wurden geöffnet und Günter wurde gezwungen, alleine in die Dunkelheit hinabzusteigen. Es half kein Betteln und kein Flehen. Die schräge Türe wurde hinter ihm geschlossen und er stand in dem stockfinsteren Raum. Er musste die Treppe hinunter, es gab keinen Ausweg. Er schwitzte Blut und Wasser, tastete sich die Stufen hinab und ergab sich seinem Schicksal. Einige Burschen von der Straße unter Führung von Roland, versteckten sich in den verschiedenen Nischen des großen Kellers, wickelten sich in alte weiße Leintücher, fuchtelten teilweise mit Taschenlampen herum und gaben gefährlich klingende Laute von sich. Andere Jungen aus der Straße waren mutiger und gingen ohne Scheu in den Keller in die Geisterbahn. Sie sagten jedenfalls, dass sie keine Probleme hätten, die Geisterbahn zu durchlaufen. Man muss nicht alles glauben, was die anderen einem erzählen. Er aber bibberte vor lauter Panik. Als die schräge Klappe sich wieder öffnete, hätte er gerne jeden der Peiniger umgebracht. Aber er lief einfach nur weg und weinte alleine. Er hasste sie dafür, war aber wehrlos, und er hasste sich selbst wegen seiner Angst.

Bei den Großeltern in Hölzlebruck

Nachdem er nicht mehr in den Kindergarten in Freiburg gehen durfte, wurde Günter gelegentlich, wenn beide Elternteile gerade Arbeit hatten, zur Großmutter nach Hölzlebruck gebracht. Das waren keine guten Zeiten, denn Oma mochte den unruhigen Günter nicht. Er wurde mit Peter in den dortigen Kindergarten geschickt. Aber auch in diesem Kindergarten klappte es nicht so recht. Er war dort ebenfalls unruhig und laut und durfte dann irgendwann nicht mehr mit seinem Bruder mitkommen. Vor allem hasste er die Reinlichkeitsmaßnahmen der alten Frau. Wenn das Gesicht etwas schmutzig war, spuckte sie in die Kittelschürze und wischte ihm das Gesicht ab. Es ekelte ihn an, so das Gesicht abgewischt zu bekommen. Danach hätte er sich gerne das Gesicht gründlich mit Wasser gewaschen. Schlimm waren auch die Nächte bei den Großeltern. Wenn er bei den Großeltern übernachten musste, war er als Kind gezwungen, zumindest eine gewisse Zeit lang, im Bett der Großeltern im Gräble zu schlafen. Das Gräble war der Spalt zwischen den beiden Ehebetten. Er wurde früh zu Bett gebracht. Im Winter, wenn es kalt war bekam er eine heiße kupferne Wärmflasche an seine Füße gelegt. Zwar war ein Handtuch darum herumgewickelt, aber wenn er versehentlich ans Metall kam, verbrannte er sich höllisch die Füße. Im Bett der Großeltern liegend, sah er an der gegenüberliegenden Wand ein großes Bild, auf dem ein Schutzengel zu sehen war, der zwei Kinder auf einem gefährlichen Weg beschützte. Dieses Bild prägte sich ihm ein. Er wollte nicht bei den Großeltern sein und nicht dort schlafen, aber der Schutzengel spendete ihm etwas Trost. Schutzengel spielten bei vielen Unternehmungen und Erlebnissen in seinem Leben immer wieder eine wichtige Rolle in seinen Gedanken.

Die Großmutter wollte Günter nicht bei sich haben und ließ ihn dies auch deutlich spüren. „Geh in den Garten und verhalte dich ruhig" war ein häufiger Befehl. Mit Peter zusammen spielte er im Garten. Einmal wollten sie etwas kochen und machten ein kleines Feuerchen. Günter bekam dafür die Ohrfeigen. Seine Mutter musste ihn dann bald wieder abholen.

Während eines Streits, als seine Mutter ihn wieder einmal in Hölzlebruck abholen musste, schrie die Großmutter Günters Mutter an: „Nimm deinen unerzogenen Balg und verschwinde". Die Mutter hatte einen starken Sonnenbrand, weil sie an diesem Tag zudem noch zu lange am Hochfirst Beeren hatte sammeln müssen. Die zornige Großmutter schlug ihr im Streit mit der flachen Hand auf den Rücken, damit der Sonnenbrand auch richtig schmerzte. Das Bild, als seine Mutter ihn unter Tränen anzog und mit ihm weinend zu Fuß zum Bahnhof Hölzlebruck marschierte, hat sich tief in ihm eingebrannt. Im Zug nach Freiburg schimpfte sie nicht, aber sie sprach

auch nicht mit ihm. Für die Oma war und blieb Günter der ungeliebte „Bastard" von einem Mann, den sie nie akzeptieren konnte
und wollte.

Jahre später, als es der Familie dank des Silbergeschäftes finanzi-
ell besserging als allen anderen Verwandten, wurde Omas Verhältnis zu seinem Vater und zu Günter etwas besser, aber niemals richtig gut. Nun war er eben der geduldete „Bastard". Immerhin hatte
es die Familie dank der Tatkraft der Mutter und der Arbeit vom Vater zu etwas Wohlstand gebracht. So konnte man den „Nichtsnutz
und dessen Balg" nicht mehr völlig verdammen.

Großvater, der allgemein nur Opa genannt wurde, der Mann von
Oma Anna, war ein gutmütiger und friedlicher alter Mann. Er ver-
diente sein weniges Geld hart arbeitend in einer Sägerei in Hölzlebruck. Oma keifte ihren Mann oft wegen irgendwelcher Kleinigkeiten an. Dann nahm er Günter, wenn der gerade mal wieder bei
den Großeltern sein musste, an der Hand und sagte: „Komm, wir
gehen auf den Berg." Er hinkte dann mit seinem Stock und Günter
im Schlepptau auf den Schottenbühl, setzte sich auf eine Bank und
erzählte dem Knaben Geschichten. Das waren immer schöne Momente. Günter hatte aber jedes Mal ein ungutes Gefühl, wenn es wieder zu der bösen Oma nach Hause ging.

Kleine Abenteuer und gefährliche Spiele

Günters Kindheit und Jugend im Granatgässle war eine stetige
Abfolge kleiner und auch größerer Abenteuer.

Der zum Haus gehörende Hinterhof war, neben der Gasse, Gün-
ters Spielplatz mit seinen Kameraden. Anton, der Sohn eines
Schreibwarenhändlers war ein häufiger Spielkamerad von Günter.
Oft spielten sie mit kleinen Indianer- und Cowboyfiguren Wildwest.
An den Spielen waren gelegentlich auch noch andere Kinder aus der

Gasse beteiligt. Die bunten Figuren waren aus einer Gipsmasse gefertigt, die aufquoll, wenn sie nass wurde. Die Figuren mussten also nach dem Spiel wieder gut eingepackt werden. Manchmal vergaß Günter eine der Gipsfiguren, und wenn es dann regnete, war sie für immer verloren. Es wurden große Schlachten ausgetragen. Oft gab es Auseinandersetzungen, wer denn nun die Schlacht gewonnen hatte. „Du bist tot", „Nein, du hast mich gar nicht getroffen", „Doch, fall um", denn „der Indianer wurde erschossen". So ging es oft, aber man einigte sich auch schnell wieder, damit die Schlacht weitergehen konnte. Später wurden die Schlachten dann durch kleine Kanonen erweitert, die auf der Freiburger Messe, kurz „Mess" genannt, gekauft worden waren. Die richteten sie auf die Figuren. Eine kurze Zündschnur wurde angezündet und dann kam vorne aus der Kanone eine kleine Patrone, die den Indianer traf. Damit war endgültig entschieden, wer nun besiegt war. Fast immer verloren die Indianer.

Die Freiburger „Mess" war stets ein Highlight. Zweimal im Jahr, im Frühjahr und im Herbst bauten die Schausteller auf dem alten Messplatz ihre Buden und Fahrgeschäfte auf. Die Familie ging vom Granatgässle zu Fuß zum Messplatz. Günter war immer so aufgeregt, weil er meinte, nun müsse etwas ganz Besonderes geschehen. Das war für ihn auch so. Boxauto fahren, mit den Eltern im Kettenkarussell einige Runden drehen und auch die rasante Fahrt mit der Achterbahn waren berauschende Erlebnisse. Magenbrot und einige andere Süßigkeiten ergänzten den Messebesuch. Viel Geld konnte die Familie nicht ausgeben, aber es war trotzdem ein Höhepunkt im Jahr. Jahre später bekamen die Jungen zwei Mark in die Hand gedrückt und durften alleine auf die „Mess" gehen.

Die Dreisam war, bei gutem Wetter, ebenfalls ein beliebter Spielplatz der Kinder aus dem Granatgässle. Wenn der Bach im Sommer wenig Wasser führte, war es herrlich, mit den Kameraden von Stein zu Stein zu springen und so zu versuchen, trockenen Fußes den Fluss von einem Ufer zum anderen zu durchqueren. Meist gelang es, aber manchmal rutschte man von einem glitschigen Stein ab und bekam nasse Füße. Das war im Sommer nicht schlimm. An den Ufern fanden sich immer interessante Objekte, die die Phantasie der Jungen anregte. Wenn Günter mit einem Freund unterwegs war, dachten sie sich zu den gefundenen Gegenständen Kriminalgeschichten aus. Mal fanden sie einen Turnschuh, der sicherlich einem Mordopfer gehörte oder andere Utensilien, die mit schrecklichen Gewalttaten zusammenhängen mussten. Sie malten sich schlimme Verbrechen aus und lösten sie dann auch. So konnten sie stundenlang am Bach entlang spielen und in Gedanken Abenteuer erleben.

An einem Nachmittag im Sommer spielte eine Gruppe Kinder in der Dreisam, die wenig Wasser führte. Sie bauten Kanäle, Staumauern und legten kleine Seen an. Sie ließen ihre Boote schwimmen und waren mit Begeisterung beim Spiel. Günter war mit dabei, hatte aber kein eigenes Boot. Ab und zu versenkte er eines der Boote der Kameraden. Sie warnten ihn und warfen ihn, als er nicht aufhörte, ins Wasser. Seine Wut war wieder mit ihm durchgegangen. Seine Eltern hatten die Situation vom Fenster aus beobachtet und schimpften ihn, als er nach Hause kam, gehörig aus. Es gab kein Mitleid, weil er nass und leicht verletzt war. Bei seinen Spielen trug er häufig kleinere Verletzungen davon. Wenn sich über der Wunde dann nach einiger Zeit eine Kruste, ein Blätz gebildet hatte, saß er gelegentlich da und hob den Blätz vorsichtig ab. Langsam wurde die Kruste Stück für Stück abgelöst. Dabei entstand ein Schmerz, der spannend und in geringen Dosierungen nicht einmal unangenehm war. Oft fing die neue offene Wunde wieder an zu bluten. Er sah zu, wie das wenige Blut am Bein herunterlief und langsam als Tropfen wieder trocknete. Günter wartete, bis es nicht mehr weh tat und spielte dann weiter.

Ein gefährliches Abenteuer

Manchmal sollte es etwas mehr Abenteuer sein. Günter und seine Freunde stiegen, wenn sie in die Dreisam gelangen wollten, nahe der Schwabentorbrücke eine Eisenleiter hinunter. Die Mauer, in der die

Leiter eingelassen war, war etwa drei Meter hoch. Direkt neben der Leiter befand sich eine große Öffnung in der Mauer. Hier mündete die unterirdische Kanalverbindung des Gewerbekanals von jenseits der Kartäuserstraße zur Dreisam hin. Wenn der Gewerbekanal zu viel Wasser führte, wurde die Schleuse beim Kanal geöffnet und ein mächtiger Schwall Wasser schoss dann durch die Röhre und aus der Öffnung heraus in die Dreisam. Die Wassermassen, die da herausströmten waren gefährlich, denn sie rissen alles mit, was im Weg war. Die Schleuse wurde aber nur selten geöffnet. An einem schönen Sommertag brachte ein Junge aus der Gasse wieder einmal Zigarren mit, die er seinem Vater heimlich aus dessen großem Vorrat entwendet hatte. Zu viert stiegen sie die Leiter hinunter und gingen in den Verbindungskanal. Dort wollten sie unentdeckt die Zigarren rauchen. Am Anfang war der Kanal noch so hoch, dass sie bequem stehend hineingehen konnten. Je weiter sie nach hinten kamen, umso enger und niedriger wurde der Gang. Schließlich konnten sie nur noch in der Hocke mühsam weiterkommen. Ab und zu huschte eine Ratte vorbei, aber das störte sie nicht sehr. Sie krochen noch ein Stück weiter, blieben in der Hocke, zündeten ihre Zigarren an und rauchten. Es war ein herrliches Gefühl, Zigarren wie die Erwachsenen rauchen zu können. An diesem Tag aber wurden sie jäh gestört. Sie hörten ein dumpfes Geräusch und wussten sofort, was los war. Die Schleuse in der Kartäuserstraße war geöffnet worden. Jetzt aber nichts wie weg. In der Hocke ging es vorerst nur langsam voran, etwas schneller konnten sie laufen, als sie geduckt weiterkamen. Das Geräusch wurde immer lauter. Es konnte sich nur noch um Augenblicke handeln, bis der Wasserschwall sie erreichte. Günter war der Letzte der vier Raucher. Endlich konnten sie aufrecht rennen. Er schaffte es gerade noch, links um die Ecke aus dem Tunnel herauszustürmen bevor das Wasser mit Wucht herausschoss. Sie hatten es geschafft. Der Schreck war groß.

Aber auch in Zukunft rauchten sie noch in dem Verbindungsstollen. Sie gingen allerdings nicht mehr so weit hinein. Die Dreisam blieb ihr Spielplatz.

Die Rauchergang

Rauchen war auch weiterhin ein Thema für die Jungen. Wenn nichts anderes zur Verfügung stand, rauchten sie Lianen. Diese waren überall in der näheren Umgebung des Granatgässles verfügbar. Mit einem alten Sturmfeuerzeug oder mit Streichhölzern zündeten sie die auf Zigarettenlänge abgeschnittenen Stängel an und zogen wie alte Raucher daran. Diese schmeckten nicht gut, gaben den Buben aber das Gefühl, Raucher zu sein. Wenn einer von ihnen etwas Geld zur Verfügung hatte, besorgten sie sich eine Viererpackung Bali vom Zigarettenhändler in der Kartäuserstraße. Der Händler fragte meist nicht nach dem Alter. Und wenn er doch einmal fragte, so waren die Zigaretten eben für den Vater. Da gab es nie Probleme.

Die Raucherclique und andere Jungen aus der Gasse bildeten bald schon eine kleine Jugendbande, die vom Sohn des Bäckers, der der Wortführer war, geleitet wurde. Auch Günter wurde, obwohl er erst sechs Jahre alt war, in die Gruppe aufgenommen. Eines Tages zog die Gang in die Konfiktstraße, um den Burschen dort zu zeigen, wer der Herr in der Gegend war. Die Konfiktsträßler empfingen die Granatgässler, die mit Stöcken und Holzschwertern ausgerüstet waren, mit einer starken Übermacht. Es ging sofort zur Sache. Die Kämpfer stürzten sich aufeinander und es gab Prügel auf beiden Seiten. Günter trug einen Matchsack mit noch einigen Reserveknüppeln. Er war nun wirklich kein Held. Er sah die Gefahr, Schläge zu bekommen, und rannte so schnell wie möglich mit dem Matchsack auf der Schulter nach Hause. Das Ergebnis war, dass er trotzdem Schläge bekam, aber von den eigenen Bandenmitgliedern. Sie hatten die Schlacht verloren und er wurde wegen „Feigheit vor dem Feinde" angeklagt und verprügelt.

Der Bäckerssohn wollte sich als Bandenchef an einem Nachmittag zum Ritter schlagen lassen. Die Meute war vollzählig in der großen Wohnung des Bäckers angetreten. Bei dem Zeremoniell, das vom Bäckerssohn genau vorgegeben war, musste Günter an einer Stelle lachen, da er das ganze Theater nicht so ernst nahm. Dieses ungebührliche Verhalten büßte er mit einer Stunde eingesperrt sein in einer stockdunklen Kammer. Alles Rufen und Klopfen nutzte nichts. Sein Lachen wurde gnadenlos bestraft. Als weitere Strafe musste er mit dem Bandenchef fechten üben, damit er nicht wieder feige weglaufen würde. Bei diesen Fechtübungen mit dem Holzschwert auf dem Flachdach einer Halle am Rande des Granatgässles drängte der Bäckerjunge Günter so an den Rand des Daches, dass er hinunterstürzte. Er fiel nur in einige Büsche und es passierte ihm bei diesem provozierten Unfall glücklicherweise nichts weiter. Er hatte nur einige Schrammen und kleinere Blessuren. Davon erfuhren die Eltern nichts.

Als Mutprobe sollte er einige Tage später mit einem anderen Jungen ein Wespennest zerstören. Mit dem Jungen und dessen kleinem, sehr altersschwachen Hund näherten sie sich dem etwas versteckt hängenden großen Wespennest in der Oberau und bewarfen es aus nächster Nähe mit Steinen. Die Wespen schwärmten aus und griffen die drei an. Der kleine alte Hund war der eigentlich Leidtragende, denn den stachen die Wespen am meisten. Die beiden Jungen kamen glimpflich davon.

Es gab noch mehr Kinder in der Gasse. Sie spielten gemeinsam beispielsweise Verstecken und Räuber und Gendarm. Aber auch mit Murmeln spielen war beliebt. Die Glasmurmeln waren eine begehrte Beute. Hüpfspiele und Seilspringen waren ebenfalls gängige Beschäftigungen.

Familienleben – mal heftig mal friedlich

Als es Günters Vater nach seinen Operationen und den vielen anderen Klinikaufenthalten ab 1952 wieder besserging, wollte er aber nicht nur untätig von der Rente leben, sondern versuchte, eine Arbeit zu finden. Er fand eine Anstellung als Packer in einer pharmazeutischen Firma. Diese hatte im Schwarzwaldhof Büroräume, um den Vertrieb von Medikamenten in Deutschland zu organisieren. Er war dort zudem noch „Mädchen für alles". Er packte Pakete mit Medikamenten und brachte diese zur Post. Er sortierte das Lager, heizte die Räume und erledigte die Arbeiten eines Hausmeisters. Er war zufrieden mit seiner Arbeit, was sich eine Zeit lang auch positiv auf das Familienleben auswirkte. Durch die Arbeit bei der Pharmafirma büßte Eugen einen Teil seiner Rente ein, aber es ging ihm einfach besser, wenn er arbeiten konnte, als zu Hause zu sitzen und dem Staat auf der Tasche zu liegen.

Das Familienleben gestaltete sich insgesamt sehr unregelmäßig. Fröhliche Harmonie, die selten war, wechselte mit kleineren und größeren Dramen, die insgesamt häufiger waren. Die Auslöser der dramatischen Episoden waren vielgestaltig. Da waren zum einen die materiell schwierigen Verhältnisse und zum anderen die Neigung des Vaters zu gelegentlichen Seitensprüngen.

Eines der ersten Dramen, das die Brüder bewusst miterlebten, war sehr ernst, besonders heftig und auch gefährlich. Peter war acht Jahre alt und er und Günter waren bei der Mutter in der Küche. Sie war völlig aufgelöst, zornig und hoffnungslos traurig. Die Buben wussten nicht, weshalb die Mutter so verzweifelt war. Als sie aber in der Küche den Gasherd aufdrehte, merkten sie, dass etwas Schlimmes geschah, waren aber völlig hilflos. Das Gas strömte eine kurze Zeit aus, dann besann sich die Mutter und drehte das Gas wieder ab. Die Anspannung aber blieb. Die Unsicherheit, wann sich das nächste Drama anbahnen und entladen würde, belastete die beiden Brüder ungemein. Solange die Eltern lebten, blieb es so. Welcher Anlass zur nächsten Aufregung führen konnte, war nicht vorhersehbar.

Oft hat auch Günter mit seiner Unruhe und seiner Aggressivität den Familienfrieden getrübt.

Aber es gab sie auch, die friedlichen und harmonischen Momente. Das gemeinsame wöchentliche Bad war ein Beispiel dafür.

Zu den ruhigen und produktiven Momenten gehörte auch die gemeinsame Arbeit, wenn Holz angeliefert wurde. Im Herbst fauchte ein schwarzes Ungetüm in den Hinterhof. Es war eine fahrbare Säge- und Spaltmaschine. Einige Tage zuvor hatte ein kleiner Lastwagen Holzscheite im Hof abgeladen. Diese mussten nun kleingesägt und auf Ofengröße gespalten werden. Das erledigten die beiden Männer, die die Maschine bedienten. Der eine zersägte mit der Bandsäge die Holzscheite auf Ofenlänge und der andere zerteilte die Scheite mit einem automatisch angetriebenen Spalthammer, so dass diese in den Ofen passten. Es war keine ungefährliche Arbeit, denn sowohl beim Sägen als auch beim Spalten konnte leicht ein Unfall geschehen. Peter und Günter schauten den Arbeiten fasziniert zu. Das gespaltene Holz wurde in große Weidenkörbe gefüllt und in den Keller getragen. Dort mussten sie die Holzscheite unter der Aufsicht des Vaters so exakt aufschichten, dass der Holzstoß nicht kippen konnte. Das laute Ungetüm war in der ganzen Gasse bei anderen Familien und auch in anderen Straßen im Herbst häufig anzutreffen. Erst in den 60er Jahren verschwanden diese Maschinen dann allmählich.

Weitere friedliche Momente erlebten die Buben als sie mitgenommen wurden, um bei Putzarbeiten zu helfen. Ihre Mutter nahm im Jahre 1954 in der Firma, in der der Vater arbeitete, eine Putzstelle an. Sie wollte noch einen Zusatzverdienst haben. So gingen Eugen, Maria und die beiden Brüder dreimal in der Woche abends in die Firma und putzten die Büroräume.

Peter und Günter mussten im Herbst und Winter gelegentlich Holz und Kohle in den zweiten Stock tragen und im Speicher der Firma unter Anleitung des Vaters ordentlich aufschichten. Das war eine schwere Arbeit für die beiden, aber es musste eben jeder mithelfen. Sie taten es auch nicht ungern, denn es bedeutete eine Abwechslung und war manchmal auch mit Spaß verbunden. Gelegentlich gab es sogar etwas Taschengeld für die Sparbüchse.

Die Gänge der Firma mussten, nachdem die Mutter diese gewachst hatte, noch gewienert werden. Mit einem Blocker sorgten die Brüder mit viel Spaß für glänzende Flure. Der eine stand auf dem Blocker und der andere schob diesen mit größtmöglichem Tempo durch die Flure.

Da die Mutter tagsüber als Bürokraft in Freiburg arbeitete, und der Vater in der Pharmafirma beschäftigt war, mussten die beiden beaufsichtigt werden. Es wurde ein Kindermädchen engagiert. Das sollte sich um die beiden kümmern. Doch dieses Mädchen hatte mehr Interesse an den jungen Burschen in der Straße, als an den Brüdern. Als die Mutter das mitbekam, wurde es sofort gefeuert und eine andere gesucht. Nun kam ein nettes Mädchen, das sich mit den beiden auch wirklich beschäftigte. Es spielte mit ihnen in der Wohnung oder in der Gasse. Das Mädchen erregte Günters Neugier auch in anderer Hinsicht. Er wusste, dass Frauen anders aussahen, aber wusste nicht wie. Er hob ihr gelegentlich mal den Rock hoch. Sie reagierte nicht böse, sondern vertröstete ihn lachend auf spätere Jahre. Es sollte noch lange dauern, bis er sich endlich Klarheit verschaffen konnte. Zwischenzeitlich informierte er sich an Zeichnungen im Lexikon und an den Unterwäscheseiten im Neckermann- und Quellekatalog.

Die Brüder allein zu Hause

Die Mutter war eine durchaus lebenslustige Frau, die gerne auch mal ausging. Sie brachte ihrem Mann einige Tanzschritte bei und ab und zu gingen sie in ein Tanzlokal. Peter und Günter waren dann alleine zu Hause. Die Eltern schlossen beim Weggehen die Küchentüre, durch die man vom Vorraum aus in die Wohnung kam, ab.

Damit war aber auch der Weg zur Toilette versperrt, die nur vom Vorraum aus zugänglich war. Dass die Eltern ausgingen, kam nicht sehr oft vor und es ging normalerweise immer alles gut. Eines Abends aber musste Günter dringend auf die Toilette. Er musste nicht nur pinkeln, sondern ein größeres Geschäft verrichten. Peter wurde wach und sie überlegten gemeinsam, was zu tun sei. Peter fand im Abfalleimer unter dem Spülstein eine leere Würstchendose. Peter meinte, dass Günter versuchen sollte, sein Geschäft in die Dose hinein zu erledigen. Peter hielt ihm die Dose an den Hintern und es klappte tatsächlich. Die Dose wurde neben die verschlossene Eingangstüre gestellt und die beiden konnten wieder ins Bett gehen. Als die Eltern nach Hause kamen und die Dose entdeckten, weckten sie die Brüder und fragten nach. Die Eltern fanden es gut, dass ihre Söhne eine so einfache Lösung für das Problem gefunden hatten. Sie wurden ausnahmsweise einmal gelobt.

Günter der Stotterer

Mit etwa vier Jahren, also im Jahr 1950 oder 1951 fing Günter plötzlich an zu stottern. Er brachte keinen zusammenhängenden Satz mehr heraus. Er stotterte bei fast jedem Wort. Immer musste er mehrfach ansetzen, um ein Wort oder einen Satz aussprechen zu können. Die konsultierten Ärzte konnten keine Ursache finden. Am ehesten, so sagte man den Eltern, seien es wohl Entwicklungsstörungen. Mit dieser Diagnose konnte niemand etwas anfangen. Damit mussten alle leben und sich damit abfinden, dass daran momentan nichts zu ändern war. Die Eltern hatten also einen entwicklungsverzögerten und gestörten Jungen, der stotterte.

Zwar hänselten ihn die Kinder der Gasse wegen der Stotterei, aber sie ließen ihn trotzdem mitspielen, sie grenzten ihn deswegen nicht aus. Die Hänseleien waren bitter und auch verletzend, aber doch zu ertragen. Günter erduldete diese Hänseleien, um nicht alleine spielen zu müssen.

Günter in der Schule

Günter war sechs Jahre alt und noch nicht in der Schule. Der Amtsarzt, zu dem Günter gebracht wurde, machte verschiedene Tests und sagte abschließend, dass der Junge noch nicht schulreif sei. Er wurde zurückgestellt, weil er noch zu „gering" und in der Entwicklung zurück sei, wie der Arzt den Eltern sagte. Zudem erschwere das Stottern eine Eingliederung in die Schule. Günter wäre zwar auch gerne in die Schule gegangen, aber so konnte er noch unbeschwert den ganzen Tag herumtollen.

Ein Jahr später als er sieben Jahre alt war, meinte der Amtsarzt, dem er wieder vorgestellt werden musste, dass er nun für die Schule reif sei. Er stotterte freilich noch immer, aber die Tendenz war leicht abnehmend. Der Bub sei zwar immer noch etwas zurück, aber man könne den Schuleintritt nun nicht länger hinauszögern.

An Ostern 1953 wurde er eingeschult. Das Stottern war, trotz der leichten Besserung, immer noch für ihn selbst und auch für die anderen schwer zu ertragen. Er freute sich aber darauf, endlich mit den anderen zur Schule gehen zu können. Seine Mutter brachte ihn mit einer selbstgebastelten Schultüte an seinem ersten Schultag in die Lessingschule neben der Johanniskirche. Das ging ohne viel Aufhebens über die Bühne. Der Schulleiter rief die Kinder namentlich auf und verteilte sie auf die verschiedenen Klassen. Danach gingen die Kinder mit der Lehrerin, der sie zugewiesen waren, ins Klassenzimmer.

Im Laufe des ersten Schuljahres stotterte er etwas weniger. In der zweiten Klasse war das Stottern schon fast überwunden. In manchen Situationen, wenn er sehr aufgeregt war, verhaspelte er sich beim Sprechen allerdings noch immer. Dieses Manko blieb noch etliche Jahre und verschwand nie völlig. Niemand konnte erklären, weshalb das Stottern damals angefangen hatte und niemand wusste, weshalb es sich nach einigen Jahren, wieder verlor.

Günter hat Keuchhusten

In der ersten Klasse der Grundschule bekam Günter einen schrecklichen Keuchhusten. Er durfte in dieser Zeit nicht in die Schule gehen, denn Keuchhusten war sehr ansteckend. Keine Medizin half. Der Husten war so schlimm, dass die Eltern gelegentlich Angst bekamen, dass der Junge ersticken würde. Die Hustenanfälle nahmen ihn arg mit. Seine Mutter schlief in dieser Zeit in seinem Zimmer, um sofort eingreifen zu können, wenn er wieder einmal zu ersticken drohte. Bei einem seiner schrecklichen Hustenanfälle, hockte seine Mutter sich vor ihn hin und nahm ihn in den Arm. Diese kleine Geste war so einprägsam, dass er sich sein Leben lang daran erinnerte, denn solche spontanen positiven Gefühlsbekundungen waren in der Erziehung prinzipiell nicht vorgesehen. Man ging sachlich miteinander um. Alles musste belegt und begründet sein. Außer den vielen Zornesausbrüchen gab es keine Gefühle, die man zeigen durfte. Angenehme positive Momente waren immer von einem „aber" begleitet. Damit wurden alle schönen Momente immer wieder relativiert.

Der Hausarzt der Familie hatte Beziehungen zu den französischen Besatzungstruppen. Er organisierte einen Hubschrauberflug für den Jungen, denn die Höhenluft sollte gegen den Keuchhusten helfen. Am vereinbarten Tag gingen seine Eltern mit ihm zum Flugplatz. Der Hubschrauber wartete schon. Günter weigerte sich einzusteigen, weinte, schrie und hustete, bis er völlig erschöpft war. Er war mit nichts, weder mit Drohungen noch mit gutem Zureden, dazu zu bewegen, in die für ihn unheimliche Maschine zu steigen. Die laut röhrende Maschine war für ihn so furchterregend, dass niemand ihn zum Einsteigen bewegen konnte. Nach vielen vergeblichen Versuchen resignierten die Eltern und gingen beschämt und auch verärgert mit dem schreienden Kind nach Hause. Vielleicht hätte man ihm schlicht erklären sollen, weshalb dieser Hubschrauberflug so wichtig war. Ihn ohne Kommentar einfach vor vollendete Tatsachen zu stellen, war führ Günter immer schwer zu ertragbar.

Das galt von früh an und blieb sein ganzes späteres Leben so. Wenn er das Gefühl hatte, dass jemand willkürlich über ihn verfügen wollte, wehrte er sich immer vehement. Viele Jahre später flog er mit einem Helikopter über den Grand Canyon und die Viktoriafälle. Da war die Faszination größer als vielleicht aufkommende Angstgefühle.

Als Alternative empfahl der Arzt dann, in den Gärkeller der Ganterbrauerei zu gehen. Die Dämpfe sollten bei Keuchhusten helfen. Der Vater vereinbarte mit der Brauerei mehrere Termine, um mit ihm in den Gärkeller gehen zu können. Da ging er brav mit. Der Keuchhusten wurde nach mehreren Wochen weniger. Ob es die Besuche im Keller waren, die zur Besserung geführt hatten, weiß niemand. Das war ja auch gleichgültig. Wichtig war, dass der Keuchhusten besser wurde und schließlich völlig ausgeheilt war. Günter durfte wieder in die Schule gehen.

Der Schulweg war nicht sehr angenehm. Die Kinder gingen vom Granatgässle am Dreisamuferweg entlang der Schillerstraße bis zur Lessingschule und nach Schulschluss den gleichen Weg zurück. Sie mussten unter dem Mariensteg und dem Luisensteg durch enge Bogengänge gehen. Diese waren so versifft, dass niemand gerne da durchging. Es roch übel nach Urin und manchmal fanden sich Reste von Kot. Ehernes Gesetz, das ihnen von den Eltern auf den Schulweg mitgegeben wurde, war, dass sie sich von niemandem ansprechen lassen durften und dass sie beim Überqueren der Straßen - der Schwabentorstraße und der Günterstalstraße - sehr vorsichtig sein müssten. Ansonsten gingen sie den Schulweg ohne Aufsicht.

Da Günter wegen des Keuchhustens viele Wochen nicht zur Schule gehen durfte, versäumte er also den grundlegenden Unterricht der ersten Klasse. Schließlich ging er, mit Schiefertafel und Griffel im Schulranzen, in Begleitung seiner Mutter wieder in die Schule. Sie vereinbarte mit der Lehrerin, dass sie für einige Zeit, in der sie Urlaub genommen hatte, am Unterricht teilnehmen konnte, um mit ihm zu Hause dann den versäumten Stoff aufzuholen. Seine Mutter saß, nach Absprache mit der Lehrerin, hinten im Klassenzimmer im Unterricht und notierte sich den Stoff der Stunde.

Günters Mutter gab sich wirklich große Mühe, ihrem Sohn das Schreiben und Lesen zu Hause beizubringen.

Die Lehrerin war eine freundliche Frau und bemühte sich sehr um den Jungen, dem das Schreiben und Lesen solche Probleme bereitete. Sie unterrichtete die Kinder mit viel Geduld und Zuneigung. Aber es half wenig, er war und blieb ein schlechter Schüler. Eine auch nur ansatzweise ordentliche Rechtschreibung war gar nicht möglich. Mit dem Lesen tat sich der Junge ebenfalls äußerst schwer. Einzelne Buchstaben auf der Schiefertafel zu schreiben, klappte noch, aber wenn es um komplexere Buchstabenkombinationen oder gar Sätze ging, versagte Günter. Heute nennt man diese Lese- und Rechtschreibschwäche Legasthenie, damals war man einfach nur zurückgeblieben oder eben dumm. Der allgemeine Tenor lag allerdings auf der Bezeichnung blöd.

Er ging deshalb nicht gerne zur Schule, besuchte diese aber dennoch ohne zu murren. Es gab keine Flucht, die Schule musste besucht werden. Also fügte er sich eben. Auf dem Schulweg träumte er sich, wenn er den Weg alleine ging, weit weg und erlebte viele mutige Abenteuer. Zu dieser Zeit war es, als er auf dem Heimweg von der Schule immer wieder in seiner Phantasie das Bild entstehen ließ, dass er nach Hause käme und ein fremder Mann würde in der Küche sitzen und ihm sagen, dass er bei der Geburt vertauscht worden wäre und er nun in eine andere Familie käme. Aber es saß nie so ein Mann in der Küche und es gab kein Entrinnen aus dieser Familie. Vielleicht war das auch gut so, dachte er viele Jahre später.

Eltern im Klinsch

Eines Abends saß die Familie in der Küche beim Abendessen. Peter und Günter saßen nebeneinander auf der Truhenbank, ihre Mutter an der Schmalseite des Küchentisches und der Vater an der Längsseite. Das war die normale Sitzordnung beim Essen. Es herrschte wieder einmal schlimmer Streit zwischen den Eltern. Weshalb wussten die Buben nicht. Maria machte ein beleidigtes Gesicht und schwieg. Damit strafte sie ihren Mann und auch die Buben, immer am meisten. Es gab warme Servela (eine Brühwurst, nicht Servelatwurst) mit Brot. Der Vater verteilte die Würste. Jeder bekam eine. Außer Mutter fingen alle an zu essen. Schweigend und mit einem unguten Gefühl im Bauch aßen die beiden Buben ihre Wurst. Sie aß nichts, saß nur da, zeigte ein böses Gesicht und starrte auf ihren Teller. Eugen verlangte, dass sie sofort wie die anderen auch, die Wurst essen solle. Sie rührte sich nicht und schwieg weiter. Vater explodierte schlagartig. Er sprang auf, packte die Mutter im Genick und versuchte ihr die Wurst in den Mund zu pressen. Die Mutter gab nicht nach. Der Kampf ging so aus, dass ihr Mann schreiend die Wohnung verließ. Sie brachte die beiden nach Vaters Flucht ins Bett und saß dann alleine im Wohnzimmer, das ja auch das Schlafzimmer der Eltern war, und weinte.

Die Buben waren völlig geschockt von diesem Ausbruch. Der Vater griff die Mutter tätlich an. Dass die Jungen selbst gelegentlich Schläge bekamen, war zwar nicht schön, aber im Rahmen des Fassbaren. Dass aber ihre Mutter angegriffen wurde, konnten sie nicht begreifen. Die Wut des Vaters und gelegentlich auch den Zorn der Mutter konnten sie nicht einordnen. Sie sahen nur die Wut und die Gewalt, konnten aber die Hilflosigkeit dahinter nicht erkennen.

Bald darauf hörten die beiden, dass Mutter ins Bett ging. Er kam in der Nacht zurück. Er war dann, wie meist nach solchen Auseinandersetzungen, etwas angetrunken. Er blieb in dieser Situation dann ruhig und friedlich, ging wortlos ins Wohnzimmer in sein Bett und schlief.

Am nächsten Tag standen alle auf und gingen wieder zur Tagesordnung über. Es wurde kein Wort mehr über den vorigen Abend verloren. Es wurde aber auch mehrere Tage kein Wort mehr gewechselt; auch die Buben wurden nur kurz abgefertigt. Die Ursache für diese Explosion haben die Brüder nie erfahren.

Die nächste Katastrophe kam jedoch wie das Amen in der Kirche. Günter war in der dritten Klasse. Eugen hatte in der Pharmafirma in der er arbeitete mit einer Angestellten ein Verhältnis angefangen. Irgendwann kam die Mutter dahinter. Sie tobte und beschimpfte ihn und die Stimmung in der Familie war von Wut und sogar Hass geprägt.

An einem Nachmittag rief die Mutter Peter und Günter zu sich und ließ ihrem Zorn und ihrer Enttäuschung freien Lauf. Sie bezichtigte den Vater und die Frau, die Familie zu zerstören. Sie verlangte von den beiden Brüdern, dass sie auf der Schwabentorbrücke auf die Frau warten und diese dann bespucken sollten. Die beiden kannten die Frau, denn sie waren ja gelegentlich in der Firma und kannten alle Angestellten. Sie gingen auf die Schwabentorbrücke, aber als die Frau auf ihrem Nachhauseweg auf sie zukam, rannten sie weg. Sie wollten sich nicht zu solch einer Tat hinreißen lassen.

Der Ärger in der Familie ging allerdings weiter. Die nächste Eskalationsstufe bestand darin, dass die Mutter ein paar Sachen packte, Peter nahm und mit ihm im Zug nach Hölzlebruck zu ihrer Mutter fuhr.

Sie sagte Günter beim Abschied, dass er beim seinem Vater bleiben müsse. Sie würde nicht mehr zurückkommen.

Nachdem Günter nach einigen Tagen die Situation einigermaßen erfasst hatte, bestürmte er den Vater, doch etwas zu unternehmen. Sein einziger Kommentar war: „Die kommen schon irgendwann zurück." Sie kamen aber sehr lange nicht zurück. Endlich fuhr er nach Hölzlebruck und konnte die Situation etwas bereinigen. Die Mutter und Peter kamen zurück. Peter musste ja auch wieder in die Schule.

Solche Streitereien gab es, aus unterschiedlichen Anlässen, fast schon periodisch wiederkehrend. Man wusste nie, ob die Eltern sich nicht doch irgendwann endgültig trennen würden.

Peter und Günter sprachen auch darüber und versprachen sich, dass sie Kontakt halten würden, wenn es zu einer Trennung käme. Denn es war immer klar, dass Peter bei der Mutter und Günter beim seinem Vater hätte bleiben müssen. Es kam aber nie zu einer Trennung.

Geklaut und die Folgen

Nach der Schule, Günter war noch in der zweiten Klasse, kletterte er die steile Treppe zur Wohnung hinauf. Seine Mutter erwartete ihn schon. Sie hatte ihren Geldbeutel in der Hand und ging vor ihm in die Hocke. Sie nahm ihn in den Arm und sagte, dass er das nicht mehr tun solle. Er wusste sofort, worum es ging. Er fing an zu weinen und sagte, dass er das nie mehr tun würde. Der Gesichtsausdruck seiner Mutter wurde hart und böse. Sie sprang auf, schlug ihn und schimpfte fürchterlich mit dem in ihren Augen so ungeratenen Burschen. „Du bist ein Dieb. Ich werde das heute Abend dem Vater erzählen. Von ihm wirst Du noch einmal Prügel bekommen. Das hast Du verdient." Sie ging in das angrenzende Wohnzimmer und strafte ihn mit Nichtbeachtung. Er lief weinend die Treppe hinunter in den Hof und verkroch sich in einer Ecke. Er hatte der Mutter gelegentlich geringe Geldbeträge, etwa 40 Pfennig aus dem Geldbeutel genommen. Damit kaufte er an einem kleinen Blumenstand an der Schwabentorbrücke ein Blümchen oder einen zierlichen Kaktus, den er der Mutter wortlos auf den Küchentisch stellte. Er wollte ihr eine Freude machen, damit sie ihn etwas mehr beachten sollte. Ihre Freude über die kleinen Geschenke hielt sich sehr in Grenzen, denn wahrscheinlich ahnte sie, dass das Geld für die Blümchen nicht aus seiner Sparbüchse, sondern aus ihrem Geldbeutel stammte.

Da saß er und weinte noch eine Weile vor sich hin.

Der Abend kam und die Schläge vom Vater auch. Die kleinen Gaben für seine Mutter taten noch lange weh. Das folgende Abendessen am Küchentisch war lang und quälend. Man hielt ihm noch Vorträge über Ehrlichkeit und dass man nicht stehlen dürfe. Dann ging es sofort ins Bett.

Er wachte am nächsten Morgen auf und die Welt und die Familie ging zur Tagesordnung über. Die Missetat wurde nicht mehr erwähnt. Er spielte wieder in der Gasse mit den anderen Kindern.

Gefühle

Nach solch schwierigen Ereignissen, legte er abends im Bett alle seine Kuscheltiere, allen voran seinen völlig zerfledderten Teddy, in einer Reihe neben sich hin. Dazu gehörte auch immer der Mecki, die Igelfigur von Steiff. Er selbst lag dann ganz nahe der Bettkante am Rande des Bettes. Sein Gedanke dabei war auch immer der gleiche: „Ihr seid selbst schuld, wenn ich aus dem Bett falle und mir weh tue." Aber er fiel nie aus dem Bett.

Sein unbewusstes Fazit aus diesem Ereignis war: „Sei auf der Hut, wenn jemand freundlich zu dir ist. Es könnte sein, dass man dich nur reinlegen will." Er freute sich aber trotzdem immer wieder über Freundlichkeiten seiner Mitmenschen, so sehr, dass er in solchen Fällen fast immer kurz davorstand, in Tränen auszubrechen. Es kostete ihn sein Leben lang viel Energie, sich nicht von der Rührung wegen irgendwelcher Freundlichkeiten übermannen zu lassen. Selbst wenn er im Kino oder im Fernsehen irgendwelche rührseligen Szenen sah, musste er mit den Tränen kämpfen. Szenen, die von schönen und gelungenen Beziehungen, von Gefühl und Wohlwollen handelten, trieben ihm die Tränen in die Augen. Nur wenn er alleine war, konnte er seinen Gefühlen freien Lauf lassen und auch mal weinen. Keine Schwäche zeigen, denn niemand will einen schwachen Menschen neben sich haben, war seine unumstößliche

Meinung. Deshalb ist es ihm fast immer gelungen, sich zu beherrschen, wenn andere dabei waren. Positive Gefühle zuzulassen und zu zeigen war im Familienleben nicht vorgesehen. Wenn Gefühle hochkamen, waren es immer Gefühle von Wut, Ärger und Enttäuschung.

Sich einmal in den Arm nehmen oder positive Gefühle der Zuneigung zeigen, kam in dieser Familie so gut wie nie vor.

Eine gefühlsmäßig enge Bindung hatte er zu seinen Kuscheltieren. Er konnte Kleider für den Teddy zuschneiden und von Hand nähen. Seine Mutter zeigte ihm eine einfache Stricktechnik. Er strickte für seinen Teddy einen Pullover. Seine Handarbeiten waren alle dilettantisch und nicht sehr schön, aber es waren seine selbst hergestellten Kleider. Mit der Strickliesel fertigte er Wollschnüre, die er dann zusammenrollte und Untersetzer oder etwas in der Art anfertigte. Das waren oft auch Weihnachtsgeschenke für seine Mutter. Darüber freute sie sich dann wirklich.

Verbotene Cremehütchen

Günter liebte die Cremehütchen, die man in der Bäckerei Ruf kaufen konnte, über alles. Seine Mutter verweigerte ihm das Geld für eine Tüte von den Leckereien. Er wollte aber unbedingt Cremehütchen haben. Ergebnis seiner begierigen Überlegungen war, dass es nur eine Möglichkeit gab, an die begehrten Süßigkeiten zu kommen. Er musste die 50 Pfennig, die ein Tütchen der Leckerei kostete, aus der Sparbüchse herausangeln. Mit Geduld gelang es ihm, 50 Pfennig aus dem Sparschwein, das im Wohnzimmer auf dem Schrank stand, herauszuholen. Er rannte zum Bäcker und kaufte ein Tütchen Cremehütchen. Seine Mutter erwischte ihn bei seiner Untat. Es gab zwar keine Schläge, aber er musste sich unter ihren Augen hinsetzen und alle Cremehütchen sofort nacheinander in sich hineinstopfen. Es wurde ihm fast schlecht dabei. Eine Zeit lang wollte er dann keine Cremehütchen mehr. Allerdings wurde sein Hang zu Süßigkeiten davon nicht auf Dauer geschmälert.

Glück gehabt

Zu all den kleineren und größeren Abenteuern in seiner Kindheit gehörte auch immer eine Portion Glück.

Sein Cousin Dieter, der viel älter war, besaß ein Motorrad. Günter wollte unbedingt mitfahren. Seine Eltern erlaubten das nicht. An einem schönen Sommertag waren die Eltern unterwegs. Dieter war zu Besuch. Günter bettelte noch einmal und nun nahm Dieter ihn auf dem Motorrad mit. Er durfte auf dem Soziussitz hinter Dieter sitzen. Dieter schärfte ihm ein, sich ja gut an ihm festzuhalten. Das tat er. Aber an der Kreuzung Schwabentorstraße Kartäuserstraße fuhr Dieter sehr zügig an. Günter konnte sich nicht halten und fiel rücklings auf die Straße. Sein Rücken und sein Kopf taten ihm weh. Dieter fragte, nachdem Günter wieder aufgestanden war, einige Male besorgt, ob alles in Ordnung sei. Günter war es etwas schwindelig, aber er sagte, dass alles gut sei. Das Motorrad schiebend gingen die beiden danach nach Hause. Als die Eltern zurückkamen, verriet keiner der beiden etwas von dem Vorfall. Günter wollte tapfer sein und keinen Ärger bekommen. Alles in Ordnung sagte er. Es tat noch ein paar Tage weh, aber dann ging es wieder. Niemand erfuhr etwas von dem Unfall.

Familienzeit

Wenn im Herbst beispielsweise Friede in der Familie herrschte und etwas Geld vorhanden war, ging der Vater zur Wirtschaft Neumeyer in der Gasse und holte eine doppelte Portion Schlachtplatte, die vorher bestellt worden war. Das war ein Festtag. Er balancierte das große silberne Tablett mit der Schlachtplatte von der Wirtschaft zur Wohnung. Es war schon eine Kunst, die steile Treppe mit der Platte zu meistern. Aber es gelang jedes Mal und er stellte die Köstlichkeiten auf den Küchentisch. Blut- und Leberwurst, Kesselfleisch, Sauerkraut und Kartoffelpüree gehörten zu der Schlachtplatte. Günter mochte Blut- und Leberwurst, Sauerkraut und Püree. Die Eltern mochten das fette Fleisch und aßen es mit Genuss. Die Familie saß um den Küchentisch. Der Vater verteilte die Portionen. Peter und Günter bekamen Blut- und Leberwurst, Sauerkraut und Püree, die Eltern zudem noch das Kesselfleisch, das die Jungen nicht mochten. Günter war das fette Kesselfleisch so zuwider, dass es ihm fast schlecht wurde, wenn er nur sah, wie die Eltern es aßen. Leider waren das nur seltene Momente im Herbst eines Jahres, denn das Geld, um sich diese Köstlichkeit leisten zu können, war nicht so oft vorhanden.

Ihre Mutter kochte zwar gut, aber trotzdem war es auch immer wieder ein kleines Fest, wenn die Familie essen gehen konnte. Wenn im Sommer schönes Wetter war und etwas Geld zur Verfügung stand, ging die Familie gelegentlich in eine Gartenwirtschaft in der Umgebung. Diese Gasthausbesuche waren immer mit einer kleinen Wanderung verbunden. Die Brüder genossen diese schönen Momente, denn es gab keinen Streit und man ging entspannt miteinander um. Wann aber würde die nächste Katastrophe kommen?

Beerensammeln und Schlangen

Zwar keine Katastrophe, aber eine sehr ungeliebte Tätigkeit war für Günter das Beerensammeln. Auf dem Hochfirst bei Neustadt gab es einen Hang, an dem man vor allem Preiselbeeren sammeln konnte. Die ganze Familie, von Großeltern bis zu den Enkeln, mussten an manchen Tagen alle ohne Ausnahme „in die Beeren" gehen. Günter hasste diese Sammelei in den niedrigen Sträuchern. Vor allem auch deshalb, weil man ihm ständig sagte, er müsse sich vor Kreuzottern in Acht nehmen, denn die versteckten sich gerne in den Sträuchern und würden ihn dann auch den Hang hinab verfolgen.

Ähnlich verhielt es sich mit den Heidelbeeren. Auch hier lauerten vielleicht Kreuzottern in den Sträuchern. Er hat nie eine Schlange zu Gesicht bekommen, trotzdem blieb die Furcht von einer gebissen zu werden.

Haustiere

Ein weiteres wichtiges Thema für Günter waren Haustiere. Er wünschte sich einen Wellensittich. Die Eltern kauften ihm einen schönen bläulich gefärbten Vogel mit einem Käfig. Er hatte gelesen, das konnte er inzwischen, dass Wellensittiche sprechen lernen könnten, wenn man den Käfig abdunkelte und das Tier immer nur eine Person, die ständig das gleiche Wort sagte, sehen könne. Er hängte ein Tuch über den Käfig, setzte sich stundenlang davor und sagte immer „Tschibi", das war der Name, den er dem Vogel gegeben hatte. Dieser lernte nicht sprechen, wurde aber ausgesprochen handzahm. Er ließ sich in die Hand nehmen, setzte sich auf die Schulter und nahm Futter vorsichtig von der hingehaltenen Zunge. Der Vogel war so zutraulich, dass er auch bei Tisch mit dabei war und von dort etwas zu fressen bekam. Sein Ziel, den Vogel mindestens seinen Namen Tschibi sprechen zu lassen, ließ ihn für einige Momente seine Unruhe vergessen. Nach kurzer Zeit des Trainings wurde Günter aber unruhig und lief wieder auf die Straße. Er kam immer wieder zurück zu seinem Vogel, breitete ein Tuch über dem Käfig aus und sprach dem Tierchen ständig seinen Namen vor. Der Vogel sprach aber nie.

Günter wünschte sich, zusätzlich zum Wellensittich, auch noch einen Goldhamster. Auch den bekam er. Den Käfig baute der Vater selbst aus groben Brettern mit einem Maschendraht darüber. Günter nahm den Hamster gerne in der Hosentasche mit hinaus. Einmal sprang dieser aus der Hosentasche und lief in eine Baustelle hinein. Nach langer Sucherei entdeckte er das Tierchen, steckte es in die Tasche und ging nach Hause. Der Hamster durfte auch oft frei in der

Wohnung herumlaufen, da er immer wieder freiwillig in seinen Käfig zurückging, wohl deshalb, weil hier sein Futter auf ihn wartete.

An einem Tag, als der Vater wieder einmal Druck gemacht hatte, sollte er den Hamsterkäfig reinigen. Er tat es nicht gerne, aber er tat es. Das Tierchen kam derweil in einen großen Glaskolben mit einem engen Hals. Der Hamster sprang nach oben, klemmte sich in den engen Hals und konnte so aus dem Behelfskäfig entkommen. Nach dem dritten Mal steckte Günter den Hamster wieder in den Glaskolben und legte ein Buch obendrauf. Nach kurzer Zeit rief ein Kamerad, Günter solle zum Spielen kommen. Er ging in die Gasse. Als er am Abend wiederkam, lag das Tierchen stocksteif in dem Glaskolben. Der Hamster war erstickt. Es tat ihm sehr leid um seinen Hamster. Er kannte die Gefahr des Erstickens nicht. Aber er hatte wieder versagt. Niemand machte ihm direkt Vorwürfe, aber man gab ihm zu verstehen, dass er schuld am Tod des Hamsters war. Keiner hatte ihm erklärt, dass das Tierchen in dem Kolben wegen des Sauerstoffmangels ersticken würde. Er packte das tote Tier in eine Zigarrenkiste und beerdigte diese mit Erlaubnis der Eltern im Hinterhof.

Auch Günter ging nach dem Tod des Hamsters wieder zur Tagesordnung über, widmete sich den Begebenheiten in der Schule und auf dem Schulweg.

Die gefährliche Dreisam

Ein Ereignis auf dem Heimweg war gefährlich und endete fast tragisch. Günter war in der dritten Klasse. Der Winter ging zu Ende, aber es war noch sehr kalt. Überall lag noch Schnee. Er war mit einigen Klassenkameraden auf dem Heimweg von der Schule. Der Weg führte sie, wie jeden Tag, unterhalb der Schillerstraße auf einem Fußweg an der Dreisam entlang. Unter dem Marien- und dem Luisensteg hindurch ging der Weg Richtung Schwabentorbrücke. Aus dem Bach, der im Sommer kaum Wasser führte, war wegen der einsetzenden Schneeschmelze im Schwarzwald ein reißender Fluss geworden. Jedes Jahr war das so. 1896 gab es ein verheerendes Jahrhunderthochwasser, das Teile der Schwabentorbrücke zum Einsturz gebracht hatte.

Kurz vor der Brücke zog sich ein kleiner, nicht sehr steiler Hang von der Schillerstraße hinab zur Dreisamufermauer, die an dieser Stelle etwa drei Meter hoch war. Das reißende Hochwasser schoss in halber Höhe unter der Mauerkrone durch. Ein Geländer sicherte den Weg zur Dreisam hin ab. Einige Kinder rodelten mit ihren Schlitten den Hang hinunter. Die die gerade von der Schule kamen, benutzten ihren Schulranzen als Rodelschlitten. Wie seine Freunde setzte sich auch Günter auf seinen Schulranzen und rutschte auf diesem wie auf einem Schlitten immer wieder die Böschung hinunter. Alle hatten viel Spaß bei der Rutscherei. Er setzte sich wieder auf den Ranzen und sauste erneut los. Diesmal hatte er zu viel Schwung und die Fahrt wurde schneller als sonst. Er konnte nicht mehr rechtzeitig bremsen, stieß gegen das Geländer und der Schulranzen glitt unter ihm durch und fiel in die reißenden Fluten. Völlig geschockt rannte Günter dem Ranzen auf dem Fußweg den Fluss entlang nach. Das Ufer wurde immer flacher, so dass er leichter ans Wasser kommen konnte. Er rannte so schnell, dass er den schwimmenden Schulranzen nicht aus den Augen verlor und ihn schließlich überholen konnte. An einer Stelle war das Ufer sehr flach. Er besann sich nicht lange und sprang ohne zu zögern in die reißenden Fluten. Er hatte Glück, der Schulranzen schwamm recht nahe am Rand auf ihn zu. Er konnte ihn fassen und festhalten. Aber er wurde von der Wucht des Wassers erfasst und mitgerissen. Den Ranzen hielt er umklammert und ließ ihn nicht mehr los. Er versuchte verzweifelt, in Richtung Ufer zu kommen. Doch das Wasser riss ihn immer weiter mit. Er schaute ständig ängstlich zum Ufer, das auf seiner linken Seite lag. Ob er es wohl schaffen würde? Er sah einen Mann parallel zu sich auf dem Uferweg entlang rennen. Er schaffte es nach einer schier unendlich langen Zeit, sich langsam wieder aus dem Fluss heraus zu kämpfen. Er krabbelte aus dem Wasser. Der Mann kam zu ihm, half ihm den Hang hinauf wieder auf den Weg zu kommen und ging dann wortlos weg. Günter umklammerte seinen Ranzen und ging in seinen nassen Kleidern den Weg zurück. Seine Klassenkameraden hatten dem gefährlichen Spiel zugesehen und waren noch immer starr vor Schrecken. Er selbst stand noch so unter Schock, dass er nichts mehr sagte, die Kälte im Moment gar nicht spürte und sofort nach Hause rannte. Nachdem Günter die Geschichte erzählt hatte, zog seine Mutter ihn aus und steckte ihn sofort ins Bett. Eine Wärmflasche und heißer Tee brachten die Lebensgeister zurück. Bücher und Hefte waren nass. Am Kachelofen wurden sie notdürftig getrocknet.

Winter in Freiburg

Die Winter waren insgesamt hart zu dieser Zeit. Der Winter 1956/1957 war einer der schlimmsten der letzten Jahre. Die Temperaturen lagen im Februar an manchen Tagen unter -20 Grad Celsius. Die Kinder wurden mit zwei Hosen übereinander, mehreren Schichten Pullover und einer dicken Jacke in die Schule geschickt. Der Rhein war zugefroren, sodass keine Schiffe mit Kohlen nach Breisach fahren konnten. Selbst der große Bodensee war in diesem Jahr mit einer dicken Eisschicht bedeckt. Der Bahnverkehr war ebenfalls stark beeinträchtigt, so dass die Kohlelieferungen stockten. Es war nicht mehr möglich, alle öffentlichen Gebäude mit Heizmaterial zu versorgen. Aus diesem Grund beschloss der Freiburger Gemeinderat am 20. Februar 1956, die Schulen zunächst für eine Woche zu schließen. Krankenhäuser und andere wichtige Institutionen mussten vorrangig mit Kohlen versorgt werden. Die Temperaturen waren lange Zeit selbst tagsüber bei etwa minus 20 Grad. Auch die Volksbäder wurden geschlossen. Die Kohleferien wurden wegen der noch immer herrschenden Kälte bis zum 05. März verlängert. Erst danach konnte wieder genügend Heizmaterial herbeigeschafft werden, um alle öffentlichen Gebäude zu beheizen. Die Kinder freuten sich über diese zusätzlichen Ferien. Sie konnten, soweit die Temperaturen und die Schneemassen es zuließen, draußen spielen. Am Sternwald fuhren sie mit ihren Schlitten die Hänge hinunter. An einem Nachmittag kam Günter völlig verfroren und mit gefühllosen Händen nach Hause. Er weinte. Seine Mutter nahm seine Hände, hielt sie unter kaltes Wasser und rieb sie ganz heftig. Seine Eltern glaubten, dass kaltes Wasser mit viel Reiben die Wärme in die Hände zurückbringen würde. Es dauerte lange bis er die Finger wieder spürte. Das heftige Kribbeln, das sich einstellte, war sehr schmerzhaft. Er hätte eben früher nach Hause kommen sollen, wurde ihm gesagt. Nun müsse er da durch. Trotz dieser schmerzhaften Erfahrung machte er sich mit seinem Schlitten in den nächsten Tagen wieder auf zum Sternwald. Günter zog sich noch wärmer an und ging früher nach Hause. Es war einfach zu schön, mit den anderen draußen zu sein, mit den Schlitten Konvois zu bilden und so den Waldweg hinunterzufahren. Schneeballschlachten, gegenseitiges Einseifen und das ganze übrige Winterprogramm fand statt. Es war eine herrliche Zeit. Auch zu Hause herrschte Frieden, man spielte oder erledigte Heimarbeiten.

Nikolaus und Weihnachten

Mit dem Winter waren immer auch Nikolaus und Weihnachten verbunden. Weihnachten war meistens ein schönes und friedliches Fest. Die Buben freuten sich darauf. Die Eltern bemühten sich, in Abhängigkeit vom jeweiligen Finanzstatus, für jeden ein passendes Geschenk zu besorgen. Früher waren es praktische Dinge wie Kleider, erst später dann auch Spielzeug, wie beispielsweise eine elektrische Eisenbahn für Peter. Mit viel Freude baute Peter die Eisenbahn auf einer großen Holzplatte zusammen und legte mit Günters Hilfe eine Landschaft aus Gipsbinden an. Es entstand ein Berg mit einem Tunnel, durch den der Zug fahren konnte. Mit kleinen gekauften Bäumchen und Häuschen wurde die Landschaft um die

Schienen herum aufgebaut. Die Buben saßen neben der Platte, auf der die Märklin-Eisenbahn montiert war und ließen die Bahn im Kreis fahren. Irgendwann wurde es aber langweilig, den Zug ständig im Kreis fahren zu lassen. Es war aber weder mehr Platz noch Geld vorhanden, um die Eisenbahnanlage zu erweitern. Was also tun? Die Eisenbahn tauschte Peter zwei Jahre später, zum Entsetzen der Eltern gegen ein Luftdruckgewehr ein. Damit konnte man schon mehr anfangen.

Heiligabend war immer sehr festlich. Es gab ein einfaches Abendessen, meist Kartoffelsalat mit Würstchen oder auch mal Linsen mit Wienerle. Die Buben saßen mit ihrer Mutter nach dem Abendessen in der Küche, während Eugen im Wohnzimmer, in dem der schlicht geschmückte Christbaum stand, die Geschenke herrichtete. Er läutete mit einem Glöckchen und dann durften die Brüder ins Zimmer kommen. Der Vater hatte die Kerzen am Weihnachtsbaum angezündet und die Geschenke unter dem Baum drapiert. Die Brüder hielten es fast nicht aus, endlich die Geschenke auspacken zu dürfen. Aber erst musste noch gesungen werden. Nachdem zwei Weihnachtslieder mehr oder weniger geglückt intoniert waren, durften Peter und Günter ihre Geschenke auspacken.

Als Gaben für die Eltern hatten die beiden in der Schule gebastelte Geschenke. Zum Beispiel wurde im Werkunterricht ein Blumentischchen mit drei Beinen und in einer Gipsschicht gestaltete Glaseinlegearbeiten gefertigt. Günter stellte noch ein Tablett mit Intarsien aus Strohhalmen her. Bei diesen Geschenken war eine gewisse Freude bei den Eltern zu spüren.

Am zweiten Feiertag fuhr die Familie nach Hölzlebruck zu den Großeltern. Diese hatten inzwischen ein eigenes Einfamilienhaus mit einer Einliegerwohnung gebaut. Auch andere Verwandten waren anwesend. Der Christbaum war hier festlicher hergerichtet, als im Granatgässle. Engelshaar, Lametta, viele Kerzen, Strohsterne und bunte Kugeln schmückten den Baum. Auch hier gab es noch kleine

Geschenke für die Brüder. Peter bekam meist etwas mehr als Günter. Die Großmutter bereitete für die versammelte Verwandtschaft ein umfangreiches Festessen zu. Selbstgemachte Nudeln und einen Braten. Manchmal übernachteten einige Verwandte und auch die Eltern mit den beiden Buben im Haus der Großeltern.

Wenn Schnee lag, was zu dieser Zeit häufig der Fall war, konnten die Jungen mit anderen Kindern am Schottenbühl Schlitten fahren.

Der Nikolaustag war dagegen kein schöner Tag. Es war ein Tag der Angst, ein Tag der Abrechnung. Einen besonders fürchterlichen Nikolausabend erlebten Peter und Günter, als sie in einem Jahr bei den anderen Großeltern in Kappel waren. Es lag bereits sehr viel Schnee und der Nikolaus kam mit seinem Knecht im Pferdeschlitten mit Glocken angefahren. Die beiden polterten die Treppe herauf und sorgten von Anfang an für Angst und Schrecken. Die Brüder schlossen sich ängstlich im Nebenzimmer ein. Erst durch Drohungen waren sie zu bewegen, die Türe wieder aufzuschließen. Das war ein Fehler. Nachdem der Nikolaus aus seinem Buch die Taten und Untaten der Brüder vorgelesen hatte, packte der Knecht Ruprecht Peter und zerrte ihn auf sehr brutale Art und Weise ein Stück die Treppe hinunter. Sein Geschrei war groß und endlich ließ der böse Knecht ihn wieder laufen.

Nikolausabende in Freiburg verliefen glücklicherweise nicht so spektakulär und dramatisch. Eigentlich war der heilige Nikolaus mit seiner Bischofsmütze für die Kinder eine gütige Gestalt. Aber er hatte immer den Knecht Ruprecht als strafende Instanz dabei. Dieser war in ein grobes Gewand mit einer Gliederkette um den Bauch gehüllt und hatte die Aufgabe, böse Kinder mit der Rute zu bestrafen. Der Nikolaus las aus einem Buch die guten und bösen Taten der Kinder vor. Zwar war eine gewisse Furcht immer mit dabei, aber meist ging alles glimpflich ab. Die Brüder sagten ihr kurzes Gedicht auf und mit ein paar Ermahnungen, dass man in Zukunft folgsamer und ordentlicher sein sollte, wurden sie entlassen und bekamen kleine Geschenke.

So waren die Feste im Laufe des Jahres sehr unterschiedlich: Beängstigende Nikolausabende, schöne Weihnachten ohne Streit und dann noch Ostern. Die Kinder suchten im Hof oder im Garten den Osterhasen, der kleine Geschenke für sie versteckt hatte.

An Silvester begann das neue Jahr mit vielen guten Vorsätzen. Alle wollten besser werden, wollten friedlich sein und das Familienleben entspannter gestalten. Das wurde zwar nie offen ausgesprochen, aber die Bemerkungen am Rande ließen das erhoffen. Bestand hatten diese Vorsätze leider so gut wie nie.

Harmonische Zeiten

Es gab aber in der Tat Zeiten, da herrschte von Neujahr bis zum Sommer Frieden in der Familie.

Sonntags kochte die Mutter und schickte ihren Mann, wenn das Wetter es zuließ, mit den beiden Buben hinaus, um etwas zu unternehmen. Er ging gelegentlich mit ihnen ins Münster, um eine Messe zu besuchen. Da Religion in der Familie aber keine so große Rolle spielte, kam das nicht allzu oft vor. Andere Ausflüge waren interessanter. Einmal, an einem schönen Sonntag im Sommer, wanderte der Vater mit den Buben in Richtung Wiehrebahnhof. In einem Lokal auf dem Weg kehrten sie im Biergarten ein. Der Vater bestellte für sich ein Bier und die Jungen bekamen je eine Fanta. Als der Vater bezahlen wollte, stellte er erschrocken fest, dass er kein Geld dabeihatte. Er wurde ganz unruhig und fasste nach kurzer Überlegung einen Entschluss. Er sagte zu den Buben, sie sollten einfach spielend den Biergarten verlassen und dann schnell wegrennen. Er käme sofort nach. Die Brüder taten wie geheißen. Sie spielten vor dem Biergarten und rannten dann schnell in die vom ihrem Vater angegebene

Richtung. Als keine Bedienung in der Nähe war, stand Eugen blitzschnell auf und folgte seinen Söhnen. Günter sah seinen Vater nie mehr so schnell rennen wie in diesem Moment. So flohen die drei Zechpreller bis sie weit weg vom Lokal und außer Atem waren. Dann marschierten sie friedlich nach Hause und erzählten von ihrer Tat. Sie gingen längere Zeit nicht mehr in diesen Biergarten. Solche kleinen „Abenteuer" machten den Jungen Spaß. Ein schlechtes Gewissen hatten sie nicht.

Beichten

Das Münster war für Günter immer ein imposanter, wenn auch in seiner Wuchtigkeit etwas bedrückender Bau. Da die Familie katholisch war, ging Günter mit zehn Jahren im Münster zur Erstkommunion. Davor hatten die Jungen und Mädchen die Pflicht, getrennt zum Kommunionunterricht gehen. Sie mussten auch zur Beichte gehen. In einem dunklen kleinen Kabuff, dem Beichtstuhl, mussten sich die Kommunionkinder niederknien und ihre Sünden bekennen. Es wurde verlangt, dass sie ihre Sünden aufschreiben und diese dann dem Pfarrer vorlesen mussten. Auch Günter musste das tun. Das schlechte Gewissen, ein Sünder zu sein, war zwar unangenehm, belastete ihn aber immer nur ganz kurze Zeit. Zudem hat er den Pfarrer im Beichtstuhl oft angelogen, denn es gab Dinge, die den Beichtvater nichts angingen. Gott wusste ja anscheinend sowieso alles. Die feierliche Erstkommunionzeremonie war aber ein erhebender Moment. Da er Zeit seines Lebens das Beichten ablehnte, ging er dann später auch nicht mehr zur Kommunion, denn ohne Beichte, so wurde den Kindern beigebracht, darf man nicht zur Kommunion gehen, das sei eine Todsünde. Also: keine Beichte, keine Kommunion.

Schulstress

In der dritten und dann in der vierten Grundschulklasse wurden Günters Leistungen in der Schule stetig schlechter. Bei einer neuen Lehrerin, die ab der dritten Klasse für die Schüler zuständig war, brach schulisch das Chaos aus. Das schöne Fest seiner Erstkommunion wurde durch eine Karte der ungeliebten Lehrerin überschattet, in der stand, dass sie ihn auch in der vierten Klasse unterrichten würde. In der vierten Klasse ging es immer weiter bergab mit Günters Leistungen. Die beiden schlechtesten Schüler der Klasse, eben Günter und noch ein Mitschüler, brauchten ein Diktat, das die Klasse schreiben musste, nicht mitzuschreiben. Die Lehrerin sagte: „Ihr beide schreibt ja sowieso jedes Wort falsch. Ihr schreibt dann die Verbesserung von der Tafel ab." Die Lehrerin hatte den Diktattext bereits auf die Rückseite der Tafel geschrieben. Günter gab sich wirklich Mühe. Aber selbst beim Abschreiben des Textes schaffte er es, eine Sechs zu bekommen, da kaum ein Wort richtig geschrieben war.

Fazit der Lehrerin: „Günter ist ein zappeliger, unruhiger Bursche, der nicht gut lesen und kaum rechtschreiben kann. Zudem tut er sich auch sonst nicht positiv in der Schule hervor, sondern fällt durch sein unruhiges Verhalten störend auf."

Legasthenie war noch kein bekannter Begriff und entsprechend gab es keine Idee, wie man mit solchen Kindern umgehen könnte. Sie bestellte die Eltern ein und sagte ihnen, dass er nach der vierten Klasse auf die Hilfsschule, so die offizielle Bezeichnung für eine Sonderschule damals, wechseln müsse. Im Volksmund wurde die Hilfsschule einfach und prägnant „Dubelschule" genannt. Sie war in der Lessingschule im Erdgeschoss untergebracht. Die Schüler der drei Schularten Grundschule, Volksschule und Hilfsschule hatten getrennte Hofpausen. Nun sollte er also in die Hilfsschule gehen. Seine Mutter setzte Himmel und Hölle in Bewegung, um zu erreichen, dass Günter in die Volksschule übernommen würde. Sie kämpfte bei allen möglichen Stellen vehement dafür, dem Jungen selbst und auch der Familie die Schande der „Dubelschule" zu ersparen. Schließlich, so meinte seine Mutter, sei er vielleicht doch nicht ganz so dumm, wie ihm das von Seiten der Lehrerin unterstellt werde. Die Mutter hatte Erfolg. Er wurde probeweise in die fünfte Volksschulklasse übernommen.

Der neue Klassenlehrer

Der neue Klassenlehrer, ein großer kräftiger Mann, kam am ersten Tag des neuen Schuljahres in die Klasse, die bis auf den letzten Platz mit über vierzig Jungen besetzt war. Er trug ein kleines Bündel Bambusstöckchen unterm Arm und verkündete, bevor er die Schüler begrüßte, dass er die Absicht habe, diese Stöcke in diesem Schuljahr zu verbrauchen. Er gab sich große Mühe sein Ziel zu erreichen, denn die Stöcke kamen häufig zum Einsatz. Ob er es letztlich geschafft hat, alle zu verbrauchen, hat niemand nachgeprüft. Sein Programm: Sechs Tatzen, also Schläge auf die Handinnenfläche, für kleinere Verfehlungen, zwölf für gravierendere Verstöße, immer nach Schulschluss. Die Höchststrafe bestand aus zwölf Schlägen auf den Hintern, ebenfalls nach Schulschluss. Der arme Betroffene, der als Täter betitelt wurde, musste sich über die erste Schulbank beugen. Der brutale Lehrer schlug dann mit aller Härte auf den Hintern des Knaben ein.

Er ließ sich seine Erziehungsmaßnahmen von den Eltern am ersten Elternabend genehmigen. Es erhoben sich keinerlei Einwände gegen diese Erziehungsmaßnahmen. Der Spruch, wonach der Vater, der seinen Sohn liebt, diesen auch züchtigt, war noch immer in aller Munde – und alle stimmten dem zu. Die Jungen müssten hart rangenommen werden. Die Schule bereite auf das Leben vor und das Leben war eben hart. Das war eine Sichtweise, die nach dem verlorenen Krieg häufig anzutreffen war.

Die erfolgreiche Rechtschreiberziehung des Lehrers bestand darin, dass er bei einem Diktat durch die Reihen ging und nebenbei bei manchen Schülern in den Heften las. Bei Günter blieb er oft stehen. Dann ertönte sehr häufig der Schrei: „Raus, links." Er musste aufstehen, die linke Hand rausstrecken, bekam eine Tatze darauf und durfte sich wieder hinsetzen. Welches Wort falsch geschrieben war, wurde nicht verraten. Er schlug deswegen auf die linke Hand, weil Günter ja mit der rechten weiterschreiben musste. Die Stockschläge waren in diesen Fällen nicht so hart, weil die Schüler ja nicht zittern sollten. War der Fehler beim nächsten Rundgang nicht beseitigt, waren zwei Schläge mit dem Stöckchen fällig. Schwitzend vor Angst suchte Günter dann verzweifelt nach dem Fehler. Manchmal fand er ihn und wenn nicht, zeigte der Lehrer nach der nächsten Runde auf das Wort, das dann schleunigst verbessert werden musste. Günter wurde zwar nicht wirklich gut im Rechtschreiben, ist es bis heute nicht, aber die wesentlichen Grundlagen für fehlerfreies Schreiben waren gelegt. Er nahm auch häufig nach Schulschluss sechs Tatzen mit nach Hause, wegen einer dummen Bemerkung im Unterricht oder einfach weil er mit einem Nachbarn geflüstert und gekichert hatte. Die Schläge nach Schulschluss taten zwar sehr weh, aber er erzählte es den Eltern nie. Wenn er zu Hause gejammert hätte, wäre die Antwort nur gewesen: „Der Lehrer wird schon recht gehabt haben."

Wenn die Hand beim Empfang der Schläge schräg nach unten gehalten wurde, was jeder versuchte, so gab es erst einen Schlag von unten auf den Handrücken, bis die Hand gerade gestreckt war. Dann konnte der Lehrer schön ausholen und zuschlagen. Günters schulischen Leistungen verbesserten sich im wahrsten Sinne des Wortes schlagartig.

„Alle meine Schüler müssen schwimmen können", sagte der Lehrer. Günter konnte es natürlich nicht, niemand hatte es ihm beigebracht. Die Eltern fanden es gut, dass die Schule diese Aufgabe übernahm. Wenn im Sommer schönes Wetter war, kam der Lehrer gelegentlich auf die Idee nach der großen Pause mit der gesamten Klasse ins Strandbad zu gehen. Auch das war mit den Eltern so abgesprochen. Er schwamm zunächst eine Runde für sich alleine und wollte dann sehen, wer von seinen Schülern schwimmen konnte. Denen, die es nicht konnten, und das waren einige, versprach er, dass sie dies bei ihm lernen würden. Das war dann auch so. Mitschüler mussten den Nichtschwimmer an Händen und Füßen packen, hin- und herschwingen, und dann ins Wasser werfen. Dort wartete der Lehrer und sagte, man solle nun schwimmen. Wenn es nicht klappte, schnappte er sich den Knaben, zeigte ihm, wie man sich bewegen musste und das Spiel begann von neuem. Auf diese Weise lernte Günter schwimmen, zwar nicht gut, aber immerhin konnte er sich über Wasser halten.

Im Winter ging die Klasse geschlossen ins Marienbad. Das war ein Graus, denn das Wasser hatte nie mehr als 18 oder 19 Grad. Alle mussten ins Wasser. Günter konnte sich inzwischen, durch das gewaltsame Training im Sommer, einigermaßen gut im Wasser bewegen. Jeder Schüler sollte nun aber mindestens den Freischwimmer ablegen, also mindestens 15 Minuten ohne Unterbrechung schwimmen. Günter schaffte es. Er wurde nie ein guter und schon gar kein leidenschaftlicher Schwimmer. Er begnügte sich sein Leben lang mit kurzen, sehr kurzen Schwimmaufenthalten in Freibädern. Offene Seen oder das Meer mied er wenn möglich.

Katholische Jugendgruppe

1960 trat Günter in der Münsterpfarrei in eine katholische Jugendgruppe ein. Richard, der Gruppenleiter, war ein etwas ungehobelter Klotz und streng. Mit ihm unternahm die Gruppe Zeltlager, Hüttenaufenthalte und Wanderungen. Die Hüttenaufenthalte auf der Sonneck waren stets eine Herausforderung. Die Hütte bestand aus einem großen Aufenthaltsraum mit langem Tisch und Sitzbänken. Auf einem wuchtigen Herd für Holz und Kohle konnte gekocht werden. Oft war bei Kochversuchen die Hütte durch den entstandenen Rauch so vernebelt, dass sich niemand mehr ohne gesundheitliche Schäden im Inneren aufhalten konnte. Über diesem Raum lag ein Schlafraum, der lediglich mit Matratzen ausgelegt war. In den Schlafraum gelangte man über eine Art Leiter von unten oder über eine Luke von außen. Es gab keinen Strom und kein fließendes Wasser. Das Wasser musste vom etwa einen Kilometer entfernten Holzeck in Eimern herbeigeschafft werden. Frühmorgens machten sich die Gruppenmitglieder mit je zwei Eimern auf den Weg zur Quelle am Holzeck. Dort mussten die Burschen sich auch waschen. Günter war zwar aus dem Granatgässle kaltes Wasser gewohnt, hasste es aber dennoch. Vor allem das kalte Quellwasser war ihm zuwider. Da er sich nur Hände und Gesicht wusch, sich aber weigerte, den Oberkörper zu waschen, packte Richard ihn, zog ihm das Hemd aus und wusch ihn mit dem kalten Wasser. Daraus wäre fast eine Feindschaft entstanden.

Richard hatte „tolle" Ideen. Jeder musste als Mutprobe bei Nacht alleine den Weg durch den Wald bis zum etwa einen Kilometer entfernten Holzeck gehen. Dort wartete ein anderer Gruppenleiter, der mit seiner Mannschaft ebenfalls auf der Hütte war. Günter hatte Angst, aber es half nichts, alle mussten den Weg gehen, also auch er. Einige der Gruppenmitglieder, die den Weg ebenfalls zurücklegen mussten, sangen, andere riefen ständig etwas, denn auch ihnen war mulmig zumute. Günter lief die gesamte Strecke schweigend entlang, immer auf der Hut, ob jemand aus einem Gebüsch hervorspringen und ihn überfallen würde.

An einem Mittag gab es als Mittagessen Haferflocken, die mit Wasser angerührt worden waren. Aus einer großen Schüssel konnte jeder sich seine Portion schöpfen. Günter hatte Hunger und häufte sich eine große Portion auf den Teller. Nach einigen Löffeln konnte und wollte er nicht weiteressen, denn der Brei schmeckte einfach zu fad und irgendwie abscheulich. Er war nicht gerade verwöhnt, was

kulinarische Genüsse anlangte, aber diese Pampe war schlicht unge-
nießbar. Richard sagte, dass Günter nicht aufstehen dürfe, bevor der
Brei nicht aufgegessen wäre. Die anderen durften derweil schon ins
Freie gehen und spielen. Endlich hatte er seinen Teller leergelöffelt
und hasste Richard dafür, dass dieser ihn so gequält hatte. Er war
hilflos und sehr wütend.

Die Sonneck war bereits 1929 von einer katholischen Wanderver-
einigung gebaut worden. 2001 brannte die Hütte aus ungeklärter
Ursache vollständig ab, wurde jedoch von der Hüttengemeinschaft
bald wieder aufgebaut. Es gibt noch immer keinen Strom und kein
Wasser. Der Weg zum Holzeck ist inzwischen allerdings eine kleine
Forststraße, so dass man sogar mit dem Auto zur Hütte fahren kann.
Günter war nie mehr auf der Sonneck.

Mit der Jugendgruppe wurden auch verschiedene Zeltlager
durchgeführt. Eines dieser Zeltlager gehörte in die Kategorie Katastrophe. Vom Förster hatte die Gruppe einen schönen Platz auf einer
Lichtung in Richtung St. Peter zugewiesen bekommen. Mit Fahrrä-
dern war die Lichtung über Waldwege gut zu erreichen. Aus einer
Quelle in der Nähe konnten sie sich mit Wasser versorgen. Mit zwei
Koten, also großen, aus Planen zusammengeknüpften Zelten ohne
Boden, waren zwölf Jungen aus der Pfarrjugend unterwegs. Die
schweren Ausrüstungsgegenstände wurden mit dem Auto eines Vaters zum Zeltplatz gebracht. Bei trübem, aber noch trockenem Wetter knüpften die Gruppenmitglieder die Zeltplanen zusammen. Als
die Zeltkonstruktionen endlich standen, bekam jeder einen Platz in
einem der beiden Zelte zugewiesen. Jeder hatte eine Luftmatratze
mit Schlafsack als Schlafplatz.

Da mit Regen zu rechnen war, sagte die Gruppenleiter: „Um jedes Zelt muss ein Graben gezogen werden, damit das Regenwasser
nicht eindringen kann." Die Jungen arbeiteten eifrig und bald war
jedes Zelt von einem kleinen Graben umgeben. Das Lagerfeuer für
den Abend wurde vorbereitet. Nach dem Abendessen, in diesem

Fall ein kaltes Vesper mit Brot und Wurst, saßen die Gruppenmitglieder um das Lagerfeuer und sangen zur Gitarre Wanderlieder aus der Mundorgel, ihrem Liederbuch. In der Nacht fing es kräftig an zu regnen. Es schüttete den ganzen nächsten Tag und die folgende Nacht hindurch wie aus Kübeln. Die Gräben konnten das viele Wasser nicht mehr abhalten. Die Zelte wurden innen feucht und auch die Schlafsäcke waren nicht mehr ganz trocken. Am nächsten Tag, als es immer noch regnete, kamen einige besorgte Eltern und holten ihre Kinder ab. Günters Eltern waren zwar nicht zimperlich was die Gesundheit ihrer Sprösslinge anlangte, aber auch sie kamen, um nachzusehen, wie es im Zeltlager aussah. Günter wollte nicht zurück. Mit zwei anderen Jungen und zwei Gruppenleitern blieben sie im Lager, um alles zu bewachen. Einen Tag später hörte der Regen auf und das Zeltlager konnte abgebaut werden. Sie packten die Ausrüstungsgegenstände ein, luden alles was möglich war auf ihre Fahrräder und fuhren damit zurück zur Münsterpfarrei nach Freiburg. Die schweren Gegenstände wurden wieder mit dem Auto zurückgebracht. Günter fühlte sich sehr stark und mutig, weil er nicht mit den Eltern zurückgefahren war.

Der betrunkene Nachbar und die Folgen

Wieder zu Hause in der Granatgasse kam eines Nachmittags der betrunkene Nachbar in der Gasse auf ihn zu, pöbelte ihn an und bedrohte ihn. „Wo ist der Rotschopf?" und „Geh mir ja aus den Augen" schrie der Betrunkene, der immer wieder und immer öfter die Nachbarn unflätig auf der Straße beschimpfte. Der Säufer torkelte auf Günter zu und wollte nach ihm greifen. Aber der konnte ausweichen und weglaufen. Er schämte sich für seine Angst vor dem Betrunkenen, denn die ganze Gasse hatte dem Schauspiel zugesehen. Seine Angst verwandelte sich in Wut. Er musste diese Schmach rächen.

Am gleichen Abend war, wie jede Woche, ein Treffen seiner Jugendgruppe. Es war eine große Gruppe in der auch zwei Söhne des trunksüchtigen Nachbarn Mitglied waren. Etwa zwanzig Jugendliche aus zwei Gruppen waren anwesend. Zwei Gruppenleiter gestalteten den Abend. Es wurde viel über die nächsten Unternehmungen geredet. Ein Zeltlager musste geplant und ein Fußballspiel organisiert werden. Nach einer Stunde fragte der eine Gruppenführer, ob noch jemand etwas vorbringen wolle.

Günter meldete sich und fing gleich an loszuschimpfen. Er wollte, dass Jürgen und sein Bruder Edgar aus der Gruppe ausgeschlossen würden, da der Vater der beiden ihn in der Gasse bedroht habe. Die Söhne konnten sich nicht wehren versuchten aber noch, ihren Vater zu verteidigen. Günter hielt ein schreckliches Plädoyer mit dem Ergebnis, dass die beiden letztendlich nicht mehr zur Gruppe kommen durften und nach diesem Abend wohl auch nicht mehr wollten. An diesem Abend entlud sich wieder einmal sein unkontrollierter Zorn.

Erst später, als er schon nicht mehr in der Granatgasse wohnte und selbst eine Jugendgruppe leitete, konnte er seine Ungerechtigkeit wieder etwas gutmachen, indem er Jürgen, dem älteren der Brüder, anbot, Mitglied in seiner Gruppe zu werden.

Schulwechsel

Da sich seine Leistungen in der Volksschule unter dem strengen Lehrer langsam verbesserten, meinte seine Mutter, dass er nach der fünften Volksschulklasse 1958 auf die Realschule überwechseln solle. Günter nahm an einer Aufnahmeprüfung teil und schaffte es nach einer mündlichen Nachprüfung in die Realschule zu wechseln. In der Karlschule gab es einen Realschulzug. Dorthin wurde er geschickt. Er war so stolz darüber, dass er lernte und seine Leistungen immer weiter verbesserte.

Bevor Günter ein Fahrrad bekam, ging er zu Fuß zur neuen Schule. Durchs Schwabentor, die Herrenstraße hinunter und über den Karlsplatz zur Schule. An der Straße standen Schülerlotsen, die den Verkehr am Fußgängerüberweg stoppten, um die Schüler gefahrlos über die Straße gehen zu lassen. Einer der Schülerlotsen hänselte ihn eines Morgens wegen seiner Westernkrawatte. Er zog an den beiden Schnüren und machte dumme Bemerkungen. Günter überlegte nicht, verpasste dem Burschen, der viel größer war als er, eine kräftige Ohrfeige und rannte weg. Die nächsten Tage nahm er dann einen anderen Weg zur Schule. Die Schülerlotsen wurden immer mal wieder ausgetauscht, so dass er nicht mehr mit dem Spötter zusammenstieß.

Günters Schulweg war immer interessant, vor allem als er noch kein Fahrrad hatte. Die Strecke führte ihn in der Herrenstraße an der Münsterbauhütte vorbei. Im Sommer standen die großen Flügeltüren häufig weit offen und gaben den Blick in die große Werkstatt frei. Auf dem Nachhauseweg, verweilte er dort bei schönem Wetter und sah den Steinmetzen fasziniert bei ihrer kunstvollen und schweren Arbeit zu. Die Steinmetze restaurierten oder kopierten beschädigte Skulpturen des Münsters. Günter wusste nichts von Kunstgeschichte, war einfach nur fasziniert von den kunstvollen Arbeiten.

Heimarbeit

Zu Hause war das Geld noch immer knapp. Um die spärlichen Finanzen aufzubessern, wollten die Eltern, neben der Tätigkeit mit den Fixierbädern und den Putzarbeiten, auch noch verschiedene Heimarbeiten annehmen. Die Mutter stellte klar: „Wir müssen noch Heimarbeiten machen, damit wir über die Runden kommen." Sie informierte sich und fand verschiedene Firmen, die Heimarbeiten vergaben. Ihr Mann verhandelte mit den Firmeninhabern und so bekamen die Eltern von drei Unternehmen Heimarbeiten angeboten. Mit dem VW Käfer konnten sie nun die Materialien für die Arbeiten der verschiedenen Betriebe im Umland abholen und wieder ausliefern.

Für eine Firma in Waldkirch wurden Verpackungen gefaltet. Es wurden „Schächtele" gemacht. Der Vater holte die Arbeiten mit dem Auto in den Firmen ab und brachte sie dann auch wieder zurück. Einmal nahm er Günter mit zur Ablieferung der fertigen Arbeiten. Er musste noch abrechnen und Günter saß alleine im Auto. Der Zündschlüssel steckte und verlockte dazu, auch einmal das Auto zu starten, so wie es sein Vater immer tat. Also rüber lehnen und den Zündschlüssel rumdrehen. Der Motor sprang an. Das Auto machte einen Satz, stand wieder und würgte ab. Sein Vater kam aus dem Haus gerannt, verpasste dem Jungen eine Ohrfeige und fuhr dann nach einer Schimpfkanonade nach Hause.

Für einen anderen Betrieb mussten kleine Figuren bemalt werden. Mit speziellen Farben und kleinen Pinseln wurden die etwa 5 cm großen Figuren von Hand gestaltet. Die Familie war abends mit diesen Arbeiten beschäftigt. Sie saß um den Tisch herum und versah nach einer Vorlage die Figuren mit Farbe. Günter wollte auch mitmachen und durfte, nach längeren Diskussionen eine kleine Fläche übernehmen. Er strengte sich an und es klappte sogar.

In Kirchzarten gab es eine Firma, die Badesalze und andere Badeartikel vertrieb. Auch für diese Firma wurden Verpackungen hegestellt. Dafür bekamen die Eltern, neben dem vereinbarten Lohn, Badesalztabletten mit Fichtennadelduft in großen Mengen. Für das wöchentliche Bad in der Küche war damit mehr als genug Fichtennadelbadesalz vorhanden.

All das unternahm die Familie abends, um etwas Geld in die Kasse zu bekommen. Für einige Zeit waren so die Abende der Familie ausgefüllt.

Das Ziel war es, aus dem Granatgässle wegzukommen. Die Mutter träumte ständig von einer schöneren und größeren Wohnung in einer besseren Gegend. Fixierbäder und Heimarbeiten für verschiedene Firmen brachten dann irgendwann tatsächlich etwas mehr Geld in die Kasse. Für den großen finanziellen Durchbruch reichte es, trotz der Bemühungen, aber doch nicht.

Vorleseabende

Neben den mit Heimarbeit ausgefüllten Abenden gab es aber auch andere Abendgestaltungen. Die Donnerstage wurden immer sehnlichst erwartet. Da gab es die neuen Groschenhefte. Rolf Torring und Jörn Farrow waren die Helden der Abenteuergeschichten. Der eine, Jörn Farrow, befuhr mit einem U-Boot die sieben Weltmeere, während der andere, Rolf Torring, auf seinen Reisen rund um die Welt gefährliche Abenteuer zu bestehen hatte. Die Geschichten wurden von Hans Warren verfasst, der großen Erfolg mit seinen Romanen hatte.

Das abendliche Vorleseritual war für die beiden Brüder etwas ganz Besonderes. Im Wohn-Schlafzimmer stand an der einen Wand das Bett, in dem der Vater schlief und an der gegenüberliegenden Wand stand das Bett ihrer Mutter. Im Bett des Vaters saßen die Eltern und im anderen Bett lagen oder saßen die Brüder. Der Vater las vor. Er konnte mit seiner angenehmen Stimme sehr bewegend vorlesen. Die Brüder genossen diese Abende und verhielten sich mucksmäuschenstill während sie den Geschichten lauschten. Die Abenteuer der Helden schlugen sie in ihren Bann. An etwas heiklen Stellen, wenn es um Andeutungen von Sex ging, stockte der Vater ganz kurz und las dann weiter. Die beiden konnten ja bereits selbst lesen und fanden schnell heraus, weshalb der Vater beim Vorlesen manchmal stockte und etwas ausließ. Nach dem Vorlesen mussten die Brüder in ihre Betten im Zimmer nebenan. Zwei oder drei Abende in der Woche waren so mit den spannenden Geschichten von Rolf Torring und Jörn Farrow ausgefüllt.

Irgendwann aber endeten diese Vorleseabende. Vielleicht war wieder einmal Streit zwischen den Eltern oder es wurden einfach keine Hefte mehr gekauft.

So lernten die Brüder zwar keine Märchen kennen, aber die Phantasie führte sie in ferne Welten. Vor allem Günter war von diesen Geschichten aus fremden Ländern sehr beeindruckt.

Hinzu kamen noch Eindrücke aus Filmen, die oft in der Schule vor den Sommerferien gezeigt wurden. Einer der Filme war „Die Traumstraße der Welt", die Panamerikana von Alaska nach Feuerland. Erst viele Jahre später konnte Günter einige dieser fantastischen Naturwunder und Bauten auf seinen Reisen selbst bestaunen.

Das erste Fahrrad

Als er mit zwölf Jahren ein Fahrrad bekam, war der Schulweg schneller zu bewältigen. Er war sehr stolz auf sein neues Fahrrad. Er brachte manchen Zierrat an und putzte es ständig.

An einem Wintertag fuhr er mit dem Fahrrad zur Schule. Kurz vor dem Schwabentor rutschte er auf den Straßenbahnschienen aus und stürzte. Das Auto, das hinter ihm herfuhr, bremste zwar, rutschte aber direkt auf ihn zu. Es kam gerade noch so vor ihm zum Stehen. Das war ein Schreck in der Morgenstunde. Er rappelte sich wieder auf, schob sein Fahrrad durch das Schwabentor und stieg erst in der Herrenstraße wieder auf.

Mit dem Fahrrad erlebte er noch andere Abenteuer. Mit Norbert, seinem Freund aus dem Schwarzwaldhof, fuhr er einige Jahre später von Freiburg bis zum Bodensee. Sie übernachteten im Zelt und es machte viel Spaß, eine Woche lang unabhängig und frei mit dem Rad ein Ziel ansteuern zu können. Sie fuhren auch einmal hoch zum Wiedener Eck, einer Passhöhe im Südschwarzwald. Unterwegs fragten sie in einem Bauernhof, ob sie da schlafen könnten. Die Bauersfrau hatte einen kleinen Raum gleich links neben der Eingangstüre. Sie bekamen am Abend ein Vesper von der freundlichen Bauersfrau und gingen dann in das Zimmer. Sie lasen sich noch Gespenstergeschichten aus einem mitgebrachten Buch vor. Das war ein Fehler, denn beide, vor allem Günter, konnten nach der Lektüre schlecht einschlafen. Die Angst, dass schreckliche Dinge geschehen könnten, hielten ihre Fantasie gefangen.

Der erste Fernseher

Die Eltern gingen mit den Brüdern gelegentlich in die Stadt, um einzukaufen. Die Buben bestaunten die neue Ampelanlage am Bertoldsbrunnen, der Kreuzung der beiden Hauptverkehrsstraßen in der Innenstadt. Es war eine Heuer-Ampel, die mit rotierenden Zeigern die Rot- und Grünphasen anzeigte. Die Ampel hing über der Kreuzungsmitte an Drahtseilen. Die Rotphasen der Ampel waren länger als die Grünphasen.

In der Mitte der 50er Jahre redeten alle vom Fernsehen. In manchen Geschäften in der Innenstadt von Freiburg standen Fernsehgeräte in den Schaufenstern. Manchmal bildeten sich Menschentrauben davor, die ein laufendes Programm bestaunen wollten. Die Mutter ging mit Peter im Jahr 1956 in die Stadt. Spontan entschieden die beiden, einen Fernseher zu kaufen. Dieser wurde geliefert und von einem Fachmann angeschlossen. Der Monteur richtete die Antenne aus und dann kam der große Moment. Der Fernseher wurde eingeschaltet und das schwarz-weiße Testbild erschien. Alle waren so fasziniert, dass allein schon das Testbild ausgiebig bestaunt wurde.

An manchen Nachmittagen versammelten sich die Kinder der Granatgasse bei der Familie im Wohnzimmer vor dem Fernseher, um die Nachmittagssendungen anzuschauen. Vor allem Serien wie Lassie, Flipper und Fury waren sehr beliebt. Die Kinder saßen gebannt vor dem großen neuen Gerät. Die Tiere wurden gewissermaßen als „bessere Menschen", selbstlos und tapfer dargestellt. Manchmal, wenn kein so guter Film zu sehen war, schämte Günter sich für das schlechte Programm. Pädagogen und Psychologen dieser Zeit warnten vor dem verderblichen Einfluss des Fernsehens auf die Kinder. Zwar hörten die Eltern schon damals davon, dass das Nachmittagsprogramm nicht gut für die Kinder sei, aber sie kümmerten sich nicht darum. Nach einer Stunde war das Programm beendet und das Testbild erschien. Dazu gab es täglich etwa zwei Stunden Abend-Programm.

Am 1. April 1956 hatte sich unter Beteiligung von sechs ARD-Anstalten (NWDR, SFB, BR, HR, SDR und SWF) das Nachmittagsprogramm etabliert, in dem täglich, zwischen 16.30 und 17.30 Uhr altersspezifische Sendungen für Kinder ab vier und über acht Jahren ausgestrahlt wurden.

Das Abendprogramm begann mit der Tagesschau um 20:00 Uhr. Die Eltern erlaubten den Brüdern, mit ihnen gemeinsam die Tagesschau zu sehen. Günter war nur mäßig interessiert an den Nachrichten selbst. Nach der Tagesschau mussten Peter und Günter ins Bett. Sie wollten aber natürlich auch noch das Programm nach der Tagesschau sehen. Die Brüder bohrten zwei kleine Löcher in die Türe, so dass jeder der beiden einen Blick auf den Fernseher hatte. Die Löcher waren im Falz der Türe gut verborgen. Eine freundliche Ansagerin führte durch das kurze Abendprogramm. Sie mussten immer auf der Hut sein, was sich im Wohnzimmer noch tat, damit sie nicht erwischt wurden. Zum Programmende wurde die Nationalhymne gespielt und danach sah man nur noch das Testbild.

Der Fernseher stand auf der schwarzen Schleiflack-Musiktruhe mit Radio und Plattenspieler. Es gab ein paar Schallplatten, die neben dem Plattenspieler unten in der Musiktruhe aufbewahrt wurden. Es waren Platten von den Donkosaken, ein oder zwei Operetten- und Schlagerplatten, die gelegentlich gespielt wurden. Operetten mit eingängigen Melodien wurden gerne gehört. Wenn im Radio allerdings klassische Musik gespielt wurde, wurde das sofort als „schwere Musik" bezeichnet. Diese Art Musik sei nichts für uns, denn wir würden sie nicht verstehen. Bei Opernarien von Sängerinnen kam immer der gleiche lapidare Kommentar: „Das ist wieder die Arie von der Furie" und es wurde sofort der Sender gewechselt. Erst viele Jahre später fanden die Brüder den Weg zur klassischen Musik und zu Opern. Bei Jazzmusik, die gelegentlich gespielt wurde, kam die Aufforderung, die „Negermusik" abzustellen.

Sommerabende und Familienausflüge

Schöne Frühlings- oder Sommerabende verbrachte die Familie gerne auf der Straße im Granatgässle. Mit Federballschlägern oder einem Tennisring bewaffnet ging es hinunter und ein sorgenfreies Spielen im Nebengässle begann. Manchmal spielte man mit Nachbarn gemeinsam. Es waren schöne Abende, die die Bewohner des Granatgässchens friedlich miteinander verbrachten. Man sprach miteinander, scherzte und lachte und ging dann wieder seiner Wege. Nähere Freundschaften zu den Nachbarn pflegte Günters Familie nicht.

Zu den schönen und friedlichen Zeiten gehörten auch die Sonntagsspaziergänge. Für die kleineren Wanderungen machte die Mutter Kartoffelsalat, richtete Würstchen und packte Brot ein. Auf einer Wiese am Hirzberg gab es dann das mitgebrachte Vesper als Mittagessen. Danach wurde Federball oder Ringtennis gespielt. Es waren meist schöne Tage, die ohne Spannungen verliefen. Peter war nicht immer angetan von den Touren, aber auch er musste mit. Günter war gerne unterwegs, da er sich austoben konnte. Die Route führte auf den Schlossberg zum Kanonenplatz und von dort über einen gemütlichen Weg Richtung St. Ottilien zum Hirzberg. Ab und zu, wenn etwas Geld vorhanden war und die Mutter kein Vesper eingepackt hatte, kehrte die Familie im Gasthaus Stahl am Hirzberg ein. Diese schöne Gartenwirtschaft gehörte zu einem Campingplatz und bot auch Platz zum Herumtollen. Einkehren war das Höchste an einem solchen Tag. Da kamen sich alle vor, wie wenn sie zu den Reichen gehören würden. An der Dreisam entlang ging der Weg dann wieder zurück in die Granatgasse.

Eine sehr schöne Zeit war auch, als im Hinterhof eine Hütte für die Buben gebaut wurde. Ihr Vater meinte, dass in dem Hof genügend Platz dafür sei. Er besorgte Bretter und Balken und baute im Herbst mit Unterstützung von Freunden und Nachbarn ein kleines Häuschen für die Buben. Es wurde gesägt und gehämmert, Balken dienten als Fundament, Bretter als Boden, Wände und Decke. Mit Dachpappe wurde die Unterkunft regendicht gemacht. Nach wenigen Tagen stand eine Hütte im Hof, in der die Kinder gebückt stehen und auf kleinen Stühlen an einem Tisch sitzen konnten. Eine mit einem Vorhängeschloss abschließbare Türe beendete die Arbeiten. Die Mutter nähte einen Vorhang für das kleine Fenster. Wenn es etwas kühler wurde, nahmen die Brüder im Ofen erwärmte Kirschkernkissen mit in ihr Domizil, um sich etwas zu wärmen.

Neben den schönen Zeiten im Familienleben gab es aber auch immer wieder stürmische und auch bedrohliche Zeiten.

Probleme mit Peter

Normalerweise kümmerten die Eltern sich wenig um die schulischen Belange der Brüder. Solange alles klappte, musste man sich ja nicht kümmern. Gelegentlich ging die Mutter zu einem Elternabend und hörte sich die Klagen der Lehrer an. Meist hatte das aber keine negativen Folgen für die Brüder.

Aber irgendwann war die Mutter von Peters Lehrer zu einem Gespräch einbestellt worden. Der Lehrer beschwerte sich über die Leistungen und das freche Verhalten von Peter.

Als Günter von der Schule nach Hause kam, saßen die Eltern in der Küche. Es herrschte eine aufgeheizte Stimmung. Die Mutter und

Eugen, der Mittagspause hatte, saßen in der Küche und sprachen über Peter.

Peter wirkte bedrückt, als er nach der Schule die Treppe hochkam, denn er ahnte schon, dass es großen Ärger geben würde. Es war klar, dass das, was die Mutter vom Lehrer zu hören bekommen hatte, Prügel nach sich ziehen würde. Günter wurde aus der Küche geschickt. Er ging in den Vorraum und schaute zum Fenster hinaus. In der Küche ging das Geschrei los. Die Eltern schrien auf Peter ein, der weinte laut und schrie zurück. Das eskalierte mit Schlägen so sehr, dass die Nachbarn schon die Fenster öffneten und herüberschauten.

Peter wurde danach in das Zimmer der beiden Brüder geschickt und es herrschte Schweigen. Günter ging in die Gasse und spielte dort mit anderen Kindern.

Einige Zeit später machte Peter der Mutter gegenüber eine hässliche Bemerkung. Die Mutter wollte Peter daraufhin eine Ohrfeige geben, der aber duckte sich und sie schlug gegen den Schrank, vor dem Peter stand. Günter stand daneben und musste lachen. Die Mutter war so zornig, dass sie am Abend, als der Vater nach Hause kam, diesem mit dramatischen Worten von dem Vorfall erzählte. Der Vater wurde ebenfalls wütend und verpasste erst einmal jedem satte Ohrfeigen. Die Brüder wurden ohne Abendessen in ihr Zimmer geschickt. Der zornige Vater stürzte gleich darauf herein und verkündete, dass er die beiden in der Nacht für ihr ungeheuerliches Verhalten jede Stunde wecken und mit Tatzen strafen würde. Beide hatten Angst. Sie schliefen nicht ein. Nach einer Stunde kam er tatsächlich und jeder bekam auf jede Hand mit dem Stock sechs Schläge. Es tat höllisch weh. Auch in der nächsten und übernächsten Stunde kam er wieder. Dann ist er wohl selbst so fest eingeschlafen, dass die restliche Nacht ohne Schläge verging. Die beiden schliefen dennoch kaum. Jedes Geräusch ließ sie hochschrecken. Am Morgen wurde nicht mehr darüber gesprochen, man ging zur Tagesordnung über. Peter und Günter gingen in die Schule und die Eltern zur Arbeit.

Peter machte später wieder einmal eine provozierende Bemerkung. Im Nachhinein wusste keiner mehr so genau, worum es eigentlich ging. Die Eltern gerieten in heftigen Streit deswegen. Maria verteidigte Peter, ihr Mann war rasend vor Zorn. Sie standen sich wutentbrannt gegenüber, Peter in der Mitte. Eugen packte ein Messer, das auf dem Küchentisch lag und schrie: „Noch ein Wort und ich stech ihn ab". Die Mutter stürzte sich auf ihn. Er erschrak selbst vor seinem Zorn, warf das Messer auf den Küchentisch zurück und rannte aus der Wohnung. Sie schickte Peter ins Bubenzimmer. Dort nahm er sofort sein Luftdruckgewehr, lud es und hetzte zurück ins Wohnzimmer. Aber der Vater war ja bereits aus der Wohnung verschwunden. Stunden später kam er, wieder leicht betrunken, zurück, legte sich ins Bett und es wurde nicht mehr darüber gesprochen. Es folgten erneut ein paar Tage Schweigen. Es waren immer diese heftigen Gewaltausbrüche der überforderten Eltern, die die Familie in helle Aufruhr versetzten und alle an den Rand des psychischen Abgrundes brachten.

Umzug in die Talstraße

Günter war 12 Jahre alt, als die Familie 1958 endlich die Granatgasse verlassen konnte. Eugen hatte bei der Pharmafirma gekündigt und wurde Verwalter im Schwarzwaldhof, einer Passage zwischen Talstraße und Schwarzwaldstraße, bestehend aus Gewerbe- und Wohngebäuden. Die Besitzerin des Schwarzwaldhofs hatte ihn eingestellt, nachdem er immer wieder mit den drei hofeigenen Handwerkern gesprochen hatte und auch gute Ideen zu notwendigen Arbeiten beisteuern konnte. Die alte Dame fand, dass sie einen solchen Mann als Verwalter brauchen könnte. Sie hatte in ihrem Haus in der Talstraße im dritten Stock eine Wohnung frei. Sie bot ihm an, mit seiner Familie in diese Wohnung zu ziehen. Sie wollte allerdings erst alle Familienmitglieder persönlich kennenlernen. Also gingen die

Eltern und die Brüder gemeinsam an einem Sonntagnachmittag zu der Besitzerin. Es gab Kaffee und Kuchen. Peter und Günter wurden strengstens instruiert, wie sie sich zu benehmen hätten. Die Frau wollte mit „Frau Doktor" angesprochen werden, denn ihr verstorbener Mann war promovierter Jurist gewesen. Die Jungen wurden ordentlich angezogen und nochmals darauf eingeschworen, sich anständig zu benehmen. Peter und Günter waren artig wie nie, denn sie wussten, dass es sich an diesem Tag entscheiden würde, ob sie aus der Granatgasse wegkämen oder nicht. Es klappte und die Familie bekam die Wohnung. Die Mutter, die inzwischen nicht mehr arbeiten ging sondern Hausfrau war, wurde auch noch engagiert, um kleine Hilfsleistungen im Haushalt der „Frau Doktor" zu übernehmen.

In dem Haus mit quadratischem Grundriss zog die Familie in eine Wohnung mit fünf Zimmern, einer Küche und einem Bad mit getrennter Toilette. Außerdem gab es fließend warmes Wasser und einen Gasanschluss für Herd und Kühlschrank. Der alte Gaskühlschrank stand bereits in der Küche. Endlich konnten sie die Lebensmittel nun richtig kühlen. Die Wohnung war ein Traum. Die Brüder konnten gar nicht glauben, dass sie nun einen solchen Luxus genießen durften. Zunächst hatten sie noch ein gemeinsames Zimmer, aber bald schon bekam jeder ein eigenes Zimmer. Da die beiden zu dieser Zeit ständig im Clinch lagen, war das mit dem gemeinsamen Zimmer nicht mehr tragbar.

Es gab eine Zentralheizung, die vom Keller aus mit Kohle und Briketts befeuert wurde. Das gehörte zu den Pflichten des Vaters. Er musste morgens und abends den Ofen mit Briketts für die Zentralheizung füttern. Auch sonst hatte er vielfältige Aufgaben. Die drei Arbeiter, die fest im Schwarzwaldhof angestellt waren, unterstanden nun seiner Leitung. Er ging regelmäßig mit der alten Dame durch das Anwesen, in dem außer der Pharmafirma auch noch andere Betriebe angesiedelt waren.

Ausbau des Silbergeschäfts

Wichtig für das in der Granatgasse begonnene Silbergeschäft war, dass nun eine große Garage zur Verfügung stand, in der neben dem Auto auch noch Platz war für die Utensilien des Silbergeschäftes. Hier stellte der Vater größere Wannen auf ein Gestell und konnte ab sofort mehr Fixierbäder gleichzeitig erhitzen. Den Schlamm trocknete er mit zwei elektrischen Herdplatten, die er in der Garage aufgestellt hatte. Das war zeitsparender und gründlicher. Sie bauten das Geschäft mit dem Silber weiter aus. Die Eltern fragten in weiteren Krankenhäusern in der Umgebung an, ob sie die Fixierbäder der Röntgenabteilungen bekommen könnten. Eugen kaufte sich seinen ersten Ford. Auch dieses Auto war ein Ratenkauf. Er transportierte die Fixierbäder nun in 10- oder 20-Liter Kunststoffkanistern. In der großen Garage konnte er ungestört arbeiten. Die Eltern bauten das Silbergeschäft zwar weiter aus, aber noch immer arbeiteten sie in einem sehr begrenzten Rahmen.

Lektüre – mal so, mal so

Als die alte Dame nicht mehr so beweglich war, ließ sie sich in ihrem großen Garten einen beheizbaren Pool bauen, da sie sich im Wasser besser bewegen konnte. Günters Familie durfte den Pool an manchen Tag ebenfalls benutzen.

Im Dachgeschoss des Hauses in der Talstraße wohnte Jörg, der Enkel der Hausbesitzerin. Er besuchte das Berthold-Gymnasium in Freiburg und aß nach der Schule bei der Familie Ganz zu Mittag. Günter las zu dieser Zeit vorwiegend Jerry Cotton und Wyatt Earp – Groschenromane. Jörg lieh sich gelegentlich einige dieser Groschenhefte aus. Dafür brachte er Günter eines Tages ein Buch mit und sagte, dass er das einmal lesen solle, denn es sei auch sehr spannend. Es handelte sich um „die schönsten Sagen des klassischen Altertums". Die Abenteuer der Helden und auch die für ihn ungewohnte Sprache begeisterten ihn sehr. Der Trojanische Krieg, Agamemnon, Achilles und die vielen anderen Geschichten faszinierten ihn von Anfang an. Die Erzählungen der Irrfahrten des Odysseus, der nach der zehnjährigen Belagerung und dem Fall von Troja wieder in seine Heimat Ithaka zurückkehren wollte, zogen Günter in ihren Bann. Von nun an ging er auch in die öffentliche Bibliothek am Münsterplatz und lieh sich bekannte Romane der Weltliteratur aus. Günter entdeckte in einer Werbung die LUX Lesebogen. Die Heftreihe befasste sich mit den verschiedensten wissenschaftlichen Themen. Er kaufte sich dann von seinem Taschengeld viele Bände dieser Reihe und las die Hefte, die sich mit den verschiedensten Themen befassten. In der Höheren Handelsschule stand die Lektüre von Wilhelm Tell im Lehrplan. Auch diese Begegnung mit der klassischen Literatur hat Günter beeindruckt. Ab und zu las er aber auch immer wieder die Jerry Cotton Groschenromane.

Der Schwarzwaldhof

Neben der aufkeimenden Begeisterung für die neue Art der Literatur und für das Lesen überhaupt, bot der Schwarzwaldhof selbst viele Abenteuermöglichkeiten, die genutzt werden wollten.

Im Speicher eines Schuppens richteten sich Günter und sein Freund Norbert eine Hütte ein. Sie kletterten über eine kleine Mauer in den oberen Stock des Schuppens. Dort war ein Teil des Gebälks mit einem Bretterboden versehen, der die Basis für den Bau ihres Quartiers bildete. Ein alter Teppich, ein kleiner Tisch und zwei alte Stühle bildeten die Einrichtung für ihre „Hütte". Der Rest des Schuppens war nur über freitragende Balken begehbar. Unter die Balken waren Rigipsplatten genagelt, so dass man nicht sehen konnte, was sich unten befand. Es war aber klar, dass es Garagen waren. Sie turnten geschickt auf den Balken herum. Einmal nahmen sie einen anderen Jungen mit in ihr Reich. Der stellte sich bei dem Balancieren über die Balken so ungeschickt an, dass er daneben trat und durch die Rigipsplatten nach unten fiel. Glücklicherweise stand kein Auto in der Garage. Er konnte die Türe von innen öffnen und lief, wie durch ein Wunder völlig unverletzt, davon. Nun mussten sie ihre Hütte aufgeben.

Norbert und Günter fanden auch noch andere Möglichkeiten, um etwas Spannung in ihr Leben zu bringen. An einem der Häuser im Schwarzwaldhof wurden gerade Fassadenarbeiten ausgeführt. Es war ein zweistöckiges Gebäude an dem ein Baugerüst angebracht war. Oben am Gerüst war eine Rolle befestigt. Mit einem Seil konnten über diese Rolle Eimer mit Material nach oben oder unten transportiert werden. Günter und Norbert kamen auf die Idee, diese Vorrichtung als Personenlift zu benutzen. Norbert war deutlich schwerer als Günter. Er stieg in den dritten Stock hinauf, trat auf das Gerüst, nahm das Seil und wickelte es sich um das Handgelenk. Günter stand unten und wickelte sich das Seil ebenfalls fest um das Handgelenk. Auf ein verabredetes Zeichen sprang Norbert hinunter. Er riss Günter, der ja leichter war, ruckartig hinauf. Günter konnte sich kaum halten und brauchte lange, bis er die Balken des Gerüstes erreichte und dort dann Halt fand. Norbert musste die harte Landung verkraften, ohne das Seil loszulassen. Danach war den beiden doch etwas mulmig zumute.

Familienurlaub auf dem Bauernhof

Die Einnahmen aus dem Silbergeschäft ermöglichten es nun, den langgehegten Wunsch der Mutter nach Urlaubsreisen zu erfüllen. Sie reisten an den Starnberger See, nach Venedig und an den Lago Maggiore. In einem Sommer beschlossen die Eltern auf einem landwirtschaftlichen Anwesen in der Schweiz, auf Schloss Wellenberg, Urlaub zu machen. Sie mieteten dort für zwei Wochen eine Ferienwohnung. Hier erlebte Günter weitere abenteuerliche und aufregende Situationen. Es war ein Paradies für ihn. Er konnte in die Kuh- und Schweineställe gehen und auch in anderen Bereichen des Hofes viel entdecken. Der Bauer schickte ihn eines Tages los, um die Kühe von der Weide holen. „Du brauchst nur das Gatter öffnen, die Viecher laufen dann von ganz alleine zum Hof zurück", sagte er in seinem breiten Schweizer Dialekt. Zu Günters Überraschung klappte das auch. Die Kühe kannten ihren Weg zum Hof und in den Stall. Dort standen die Knechte und Mägde bereit, um die Tiere von Hand zu melken. Günter versuchte das auch, scheiterte aber. Von der frisch gemolkenen Milch trank er gerne mal einen Schluck.

Im Schweinestall herrschte eines Tages helle Aufregung, denn der Eber, ein mächtiges Tier, war zur Sau im Nachbarstall durchgebrochen. Der musste da wieder raus. Günter war gerade auch im Stall. Der Bauer drückte ihm einen Knüppel in die Hand und sagte, dass er, wenn der Eber herauskäme und auf ihn zuliefe, diesem nur mit dem Knüppel auf den Schädel schlagen müsse, dann würde das Tier umkehren. Der Bauer öffnete das Tor des Schweinestalls und jagte den Eber hinaus. Das Tier stand bedrohlich und nervös in dem Gang zwischen den Ställen. Wie ein riesiges monsterähnliches Tier stürmte der Eber in Günters Richtung auf den Stallausgang zu. Günter warf den Knüppel weg und lief davon. Der Bauer schimpfte zwar, nahm ihm seine Furcht aber nicht wirklich übel. Die Knechte fingen das Tier wieder ein und brachten es zurück in den Stall. Aber da war sie wieder, die Angst, für die er sich ständig schämte.

Bei einem Ausflug mit seinen Eltern in den nächsten Ort sah Günter in einem Schaufenster einen schönen Dolch, der in einer ledernen Scheide steckte. Er quengelte so lange, bis ihm die Eltern den gewünschten Dolch kauften. Er war so stolz auf seinen neuen Besitz, dass er ihn überall hin mitnahm. Als er an einem Tag mit dem Knecht auf dem Pferdewagen mit ins Dorf fahren durfte, nahm er ihn selbstverständlich auch mit. Als sie wieder zu Hause waren, war das Messer weg. Er suchte verzweifelt alles ab, aber sein wertvoller Schatz blieb verschwunden. Es gab keinen neuen.

Nach einigen Tagen auf dem Bauernhof bemerkten die Eltern, dass sie kaum noch Geld hatten. Was tun? Es blieb nur eines. Die Eltern berieten sich und kamen schließlich zu einer Lösung. Der Vater fuhr nach Hause, löste einen Scheck der Degussa, der inzwischen gekommen war, ein und fuhr mit dem Geld wieder zurück ins Feriendomizil. Die Situation war gerettet, aber das Unsicherheitsgefühl, dass das Geld nicht reichen könnte, verfolgte die beiden Brüder ihr Leben lang.

Ein Beinaheunfall

Zurück aus dem Urlaub mussten die Brüder wieder in die Schule gehen und ihren sonstigen Pflichten nachkommen.

Zu dieser Zeit erledigte Günter alle Gänge mit seinem geliebten Fahrrad. Alle Wege zu Gruppenabenden und Treffen mit Freunden wurden mit dem Fahrrad erledigt. Es war Nachmittag und er war mit dem Rad auf dem Weg in die Stadt. Er fuhr von der Talstraße durch den Schwarzwaldhof, um nach links in die Schwarzwaldstraße einzubiegen. An der Einmündung stand ein VW – Käfer, der warten musste. Diese Autos hatten damals noch richtige Stoßstangen. Stoßstange und Karosserie waren durch einen breiten Spalt voneinander getrennt. Er fuhr an den Käfer heran, stellte lässig seinen rechten Fuß auf die hintere Stoßstange des Autos und schaute, ob die Straße bald frei würde. Vor lauter Lässigkeit rutschte er mit dem Fuß ab und geriet in den Spalt zwischen Karosserie und Stoßstange. Er versuchte sofort, seinen Fuß wieder herauszuziehen. Es gelang nicht. Verzweifelt bemühte er sich, aber vergebens. Jetzt war die Straße frei und der Käfer fuhr langsam an. Günter schrie entsetzt auf. Ein Mann kam auf dem Gehweg heran, erfasste blitzschnell die Situation und sprang vor das Auto. Der VW – Fahrer bremste und das Auto stand wieder. Der Fahrer stieg aus und schimpfte: „was soll denn das!". Als er sah, was geschehen war, erschrak er und half Günter, den Fuß herauszuziehen. Mit ein paar Ermahnungen stieg er wieder in sein Auto und bog dann schnell in die Schwarzwald-straße ein. Der Mann, dem Günter es zu verdanken hatte, dass er noch einmal heil davongekommen war, war wortlos verschwunden. Günter zitterte so sehr, dass er nur noch ganz langsam mit dem Rad in die Stadt fuhr.

Leiter einer Jugendgruppe

Der Kontakt mit seinen alten Freunden in der Granatgasse blieb aber auch nach dem Umzug in die Talstraße noch eine Weile beste-hen. Mit seinem Freund Norbert engagierte er sich in der katholi-schen Jungendgruppe der Münsterpfarrei. Die beiden machten Ju-gendleiterkurse und bekamen dann jeweils eigene Gruppen zuge-wiesen. Die Männer, die die Kurse leiteten, kamen zu den Veranstal-tungen in kurzen Lederhosen, ein Outfit (wie man heute sagt), das zur damaligen Zeit, in diesem Umfeld oft zu sehen war. Günter fand das etwas seltsam, sagte aber nichts.

Eine eigene Gruppe zu leiten machte wirklich Spaß und die damit verbundene Verantwortung förderte Günters Selbstbewusstsein ein wenig. Vor allem war ihm wichtig, dass er Jürgen in seine Gruppe aufnehmen konnte, den Jungen, den er vor längerer Zeit aus der Jun-gendgruppe geekelt hatte. Er war sehr froh, dass Jürgen mit dabei war und ihm seine üble Tat von damals nicht mehr nachtrug, zu-mindest ließ er sich nichts anmerken. Norbert und Günter organi-sierten mit ihren Gruppen Zeltlager und Aufenthalte auf der Son-neck. Ihre Unternehmungen verliefen glücklicherweise immer ohne Unfälle und sonstige Probleme. Bei der Fronleichnamsprozession trugen die beiden abwechselnd das Banner der katholischen Jugend. Diese Ehre erfüllte sie mit ganzem Stolz. Vor dem Altar im Münster musste das Banner einmal hin und her geschwenkt werden. Günter stand zu nahe am Altar und schlug das Banner auf den Altartisch. Glücklicherweise ist dabei nichts zu Bruch gegangen, aber der Schreck war groß.

Bastelabende in der Gruppe animierten Günter, selbst noch eigene Arbeiten anzufertigen. Er baute ein Modell von der Sonneck, der Hütte, in der er mit den Jugendlichen so viel Zeit verbracht hatte. Die Nachbildung aus Holz war gut geworden. Die umgebende Landschaft hatte er mit Gipsbinden geformt und angemalt. Das Werk stand einige Zeit in der Kooperatur. Irgendwann war es dann verschwunden.

Es war eine Zeit, in der sich Günter verschiedenen handwerklichen Tätigkeiten widmete. Wenn er sich Mühe gab, brachte er auch Ansehnliches zustande, wie z.B. in Gießharz eingebettete Blumen. Aber bald schon erlahmte sein Interesse an den Basteleien wieder.

So ging es sein Leben lang: Er war schnell für etwas zu begeistern, stürzte sich in die Arbeit und verlor, wenn es zu lange dauerte, auch bald schon wieder das Interesse daran. Er fühlte sich oft wie ein Junge ohne Eigenschaften. Das ist ein Junge, der sich für alles und nichts interessiert. Wenn er allerdings ein für ihn wichtiges Ziel verfolgte, konnte ihn niemand davon abhalten, dieses auch zu erreichen.

Doch letztlich war ihm zu dieser Zeit das Treiben mit seinen Freunden auf der Straße wichtiger als die intensive Beschäftigung mit einer Sache. Mit Anton, Norbert und auch mit anderen Jungen aus der Gasse durchstreifte er gemeinsam den Schlossberg und veranstaltete manchen Unsinn.

Ein waghalsiger Ausflug

Einmal brachen sie zu fünft eine kleine Rebhütte auf, um zu sehen, was es da zu holen gäbe. Überraschend tauchte der Besitzer der Hütte auf. Zwei der Einbrecher konnten sofort fliehen, aber Günter und noch ein Junge wurden von dem zornigen Mann festgehalten.

Er packte sie, schimpfte und drohte mit der Polizei. Die beiden konnten sich aber losreißen und ebenfalls weglaufen. Sie versuchten nie mehr, in eine Rebhütte einzubrechen.

Es war Sommer. Günter und seine beiden Freunde Anton und Norbert redeten viel übers Bergsteigen. Auch sie wollten Abenteuer am Berg erleben. Sie planten eine kleine Klettertour auf dem Schlossberg. Da gab es einen Felsen, der sich vom Weg aus fast senkrecht hinauf in Richtung Bismarckturm erstreckte. Damals war der Bismarckturm noch nicht so dicht von Bäumen umstanden. Diesen Felsen wollten sie erklimmen. Zuerst wanderten sie von der Granatgasse auf den Kanonenplatz. Sie nahmen nicht den üblichen Spazierweg sondern stiegen über die Rebberge, was eigentlich verboten war, zum Kanonenplatz hinauf. Von dort führte ein etwas abseits gelegener Weg zu dem Felsen, den sie erklimmen wollten. Allen dreien war etwas mulmig zumute, denn der Felsen war steil, fast senkrecht und gefühlt auch ziemlich hoch. Sie beratschlagten noch einmal, aber sie wollten dieses Abenteuer erleben. Sie wussten, dass man sich für eine solche Klettertour anseilen musste. Antons Eltern hatten ein Schreibwarengeschäft. Aus dem Geschäft besorgte er im Vorfeld zwei Rollen mit sehr dicker Paketschnur. Das sollte reichen. Sie banden sich die Schnur um die Brust und zogen am Seil und an den Knoten. Beides hielt der Belastung stand. Also musste es auch als Sicherung für die Kletterei ausreichen. Anton war schon oft mit seinem Vater in den Bergen gewesen. Er hatte also Erfahrung. Anton sagte: „Ich gehe als Erster, dann kommt Norbert und du Günter kletterst am Schluss." Anton setzte sich in Bewegung und machte es sehr gut. Die Schnur war lang genug. Als Anton in der Mitte des Felsens angekommen war, begann Norbert mit dem Aufstieg. Anton war nach einiger Zeit oben, Norbert dann in der Mitte des Felsens und nun begann Günter mit dem Aufstieg. Er hatte ja gesehen, dass die anderen beiden gut geklettert waren und es keine Schwierigkeiten gab. Sein Fehler war, dass er etwa in der Mitte des Felsens eine andere Steigrichtung nahm. Dieser Weg erschien ihm einfacher zu sein. Einen Schritt seitwärts, guten Stand suchen, mit den Händen sicher festgehalten und dann einfach weiterklettern. Norbert und Anton waren inzwischen oben angekommen, als es für Günter plötzlich nicht mehr weiterging. Erschrocken sahen die beiden zu ihm hinunter und riefen: „Nimm den anderen Weg". Doch dazu war es zu spät. Ein großer Felsbrocken hatte sich gelöst und drückte gegen seinen Bauch. „Ich kann nicht zurück, sonst stürze ich ab." Er konnte weder zurück, noch weiter nach oben steigen. Und den Schritt zur Seite zurück zum anderen Aufstiegsweg wagte er nicht, da er fürchtete, den Halt zu verlieren. Er schwitzte, seine Hände waren feucht. Wie lange würde er sich noch halten können? Die beiden oben waren völlig hilflos. An der Schnur zu ziehen wagten sie nicht. Er hing nun da und Verzweiflung machte sich in ihm breit. Wie sollte er aus dieser Situation wieder herauskommen? Hinter den beiden, die hilflos oben standen, tauchte plötzlich ein Mann auf. Er sagte nichts, prüfte die Schnur, sah zu Günter hinunter und rief: „Nun musst du mithelfen." Dann zog er an der Schnur und brachte den Verzweifelten auf diese Weise zwei Meter weiter nach oben. Günter fand wieder einen sicheren Stand und konnte sich gut festhalten. Der Felsbrocken löste sich vollends und fiel krachend auf den Weg hinunter. Glücklicherweise waren keine Spaziergänger unterwegs. Der Mann zog noch solange weiter an der Paketschnur bis Günter endlich oben neben seinen Kameraden angekommen war. Der Mann sagte nichts weiter und ging einfach weg. Es war die erste und einzige Klettertour, die die drei unternommen haben. Alle drei gingen nach Hause und waren froh, dass es so glimpflich ausgegangen war. Sie erzählten niemandem von ihrem Abenteuer.

Vielleicht hielt ihn dieses Erlebnis später davon ab, in den Bergen zu klettern, obwohl er immer mit großer Faszination Bergsteigern zuschaute. Er beließ es in all den Jahren, in denen er später in den

Alpen war, beim Wandern. Seine Fantasie, einmal auf dem Matterhorn zu stehen, hat er nie realisiert.

Erneuter Schulwechsel und neue Freunde

Neben all den Abenteuern vergaß Günter die Schule nicht. Er fühlte sich in der Realschule wohl und seine Leistungen waren ordentlich. Deshalb kam seine Mutter 1961 auf den Gedanken, dass er die höhere Handelsschule besuchen sollte, um dort die kaufmännische Mittlere Reife abzulegen. Sie selbst hatte auf diesem Weg die Mittlere Reife erlangt und meinte deshalb, dass dies auch für Günter ein gutes Sprungbrett zu einer Berufsausbildung im kaufmännischen Bereich wäre. Günter wusste zwar nicht, was er wollte, das Kaufmännische war jedoch nicht unbedingt sein Ziel, aber er fügte sich.

Er kam in eine Vorbereitungsklasse der Höheren Handelsschule in Freiburg in der Glümerstraße. Seine Leistungen blieben auch nach dem Schulwechsel noch immer gut. Im zweiten Jahr kam Rudi in seine Klasse. Dieser musste das Schuljahr wiederholen. Der Platz neben Günter war frei und so setzte sich Rudi zu ihm. Die beiden freundeten sich schnell an und das Verhängnis nahm seinen Lauf. Schule und Lernen traten völlig in den Hintergrund. Mit Rudi zusammen lebte er ein unstetes und alkoholreiches Leben, aber Drogen waren kein Thema für die beiden. Sie waren nächtelang unterwegs in verschiedenen Beatkellern und tranken Alkohol im Übermaß. Dazu kam die ständige Jagd nach einer Freundin, die beide gerne gehabt hätten. Rudi und Günter verließen an manchen Tagen vorzeitig die Schule und gingen in ein Café oder in eine Kneipe. Senfbrot und Bier waren dann ihr Mittagessen. Reichlich Bier, so dass sie des Öfteren bereits mittags betrunken nach Hause kamen. An den Wochenenden war der „Fuchsbau", ein angesagter Beatkeller, schon nahezu ihr Zuhause. Sie halfen dem Besitzer beim Ausbau des Kellers. Dafür hatten sie dann abends freien Eintritt und bekamen die

Getränke kostenlos. Günter trank eines Abends wieder einmal zu viel. Er fiel unangenehm auf und durfte einige Zeit nicht mehr in den Keller kommen. Da der Besitzer aber kostenlose Hilfskräfte brauchte, hielt das Verbot nicht lange. Das Programm der Samstagabende sah folgendermaßen aus: im völlig vom Zigarettenrauch vernebelten Keller herumstehen, Bier trinken, sich zur lauten Beatmusik anschreien und Frauen anmachen. Erfolge beim weiblichen Geschlecht stellten sich allerdings nicht ein.

1961 kam Diana, die Schwester von Günter und Peter zur Welt. Günter war 14 und Peter 17 Jahre alt. Wegen des Altersunterschiedes hatten die Brüder keine richtige Beziehung zu ihrer kleinen Schwester. Einerseits wurde sie von den Eltern total verwöhnt und andererseits waren die beiden mit wichtigeren Themen beschäftigt, als sich mit einer kleinen Schwester zu befassen. Die Familie wohnte noch in der Talstraße in Freiburg.

Im gleichen Jahr meldete Peter sich freiwillig zur Bundeswehr, obwohl er nicht hätte gehen müssen, da sein offizieller Vater ja gefallen war. Er wollte einfach von zu Hause weg und Pilot werden. Doch das mit der Fliegerei klappte nicht, obwohl er sich für mehrere Jahre hatte verpflichten müssen. Seine Mutter setzte Himmel und Hölle in Bewegung, damit er sofort wieder aus der Bundeswehr entlassen werden konnte. 1963 war es soweit, Peter wurde aus der Bundeswehr entlassen. Er begann danach eine Lehre als Radio- und Fernsehmechaniker in Freiburg. Viele Jahre später machte Peter privat seinen Flugschein.

Da Peter bei der Bundeswehr war, bekam Günter dessen Zweisitzer Zündapp, ein Moped, mit dem er nun unterwegs sein konnte. Eines Abends waren Rudi und Günter in einer Kneipe in Freiburg, tranken und aßen etwas. Sie wollten den Ort wechseln und woanders weitertrinken. Keiner hatte aber Geld dabei um zu bezahlen, jeder meinte der andere hätte welches. Günter sagte: „Ich gehe jetzt

auf die Toilette und von da zum Hinterausgang. Durch die Hinter-
türe laufe ich zum Moped. Du wartest noch kurz und kommst dann
schnellstens nach. Ich starte die Maschine und warte, bis du raus-
kommst." Gesagt, getan. Rudi kam angerannt, schwang sich auf den
Sozius und nichts wie weg. Es klappte. Sie gingen lange Zeit nicht
mehr in dieses Lokal.

Verhängnisvolle Fahrstunden

Der Schwarzwaldhof war eine Privatstraße. Günters Vater
meinte, dass er seinem Sohn einige Fahrstunden in der Straße ertei-
len könnte. Damit sollte gewährleistet sein, dass er nicht so viele
Fahrstunden brauchen würde, um den Führerschein zu machen. Im
Ford gab es die ersten Einweisungen. Günter fuhr im Schwarzwaldhof hin und her. Es klappte recht gut. Bei einer der Fahrten allerdings sprang plötzlich hinter einem geparkten Auto ein kleines
Mädchen hervor. Günter konnte nicht schnell genug bremsen und
das Mädchen geriet unter das Auto. Der Vater schrie nur: „Jetzt isch
se (ist sie) hie." Er sprang aus dem Auto, zog das Mädchen unter
dem Auto hervor und sah, dass es nur wenig am Hals verletzt war.
Er packte sie ins Auto und fuhr mit ihr ins Krankenhaus. Die Wunde
wurde versorgt und noch einige weitere Untersuchungen durchgeführt. Glücklicherweise gab es keine weiteren Verletzungen. Er hatte
Günter sofort nach dem Unfall nach Hause geschickt. Da saß dieser
nun und war verzweifelt. Es sprach keiner mit ihm.

Sein Vater verständigte die Polizei, kam aus der Klinik zurück
und besprach sich mit der Mutter. Günter war alleine in seinem Zimmer. Die Eltern verließen die Wohnung und fuhren zu einem Anwalt, den sie kannten. Günter fing in seiner Verzweiflung an, die
Hausbar im Wohnzimmer leerzutrinken. Er war nach kurzer Zeit so
betrunken, dass er nur noch sterben wollte. Er öffnete das Fenster in
seinem Zimmer und lehnte sich so weit hinaus, dass er rauszufallen

drohte. Als die Eltern wieder nach Hause kamen, hing er so am offenen Fenster. Sie wussten sich nicht zu helfen und riefen den Hausarzt an. Dieser machte kurzen Prozess: „Ab mit ihm in die Psychiatrie in der Hauptstraße." Seine Eltern fuhren mit ihm nach Freiburg und lieferten ihn in der Psychiatrie ab. Günter bekam davon schon nichts mehr mit. Am nächsten Tag kam morgens ein Arzt und sprach mit ihm. Dabei ging es weniger um Günters psychischen Zustand der Verzweiflung als um die Gefahren des Alkohols. Günter empfand dieses Gespräch als nicht sehr hilfreich. Gegen Mittag konnten die Eltern ihn wieder mit nach Hause nehmen. Es wurde, wie immer, nicht über den Vorfall geredet.

Der Vater bekam eine Anzeige und wurde zu einer vermutlich sehr hohen Geldstrafe und zu Schmerzensgeld verurteilt. Auch in einer Privatstraße gilt die Straßenverkehrsordnung. Die Höhe des Schmerzensgeldes wurde nie verraten. Die Privatfahrstunden wurden eingestellt.

Umzug nach Heuweiler und Ausbau des Silbergeschäfts

Die alte Dame, bei der sie in der Talstraße wohnten, wurde immer hinfälliger und brauchte nun intensive, professionelle Pflege. Der Sohn der Dame, ein promovierter Jurist, war ein schwieriger Mensch. Er machte der Familie Ganz das Leben denkbar schwer. Die Arbeit vom Vater im Schwarzwaldhof war nun nicht mehr gewünscht, die Arbeit von der Mutter wurde immer häufiger kritisiert. Deshalb wollte die Familie dringend aus der Talstraße weg. Sie suchten nach einer anderen Wohnung, in der auch das Silbergeschäft weiter betrieben werden konnte. 1964 war es dann soweit, die Familie zog von der Talstraße nach Heuweiler, einem kleinen Dorf bei Freiburg nahe dem Glottertal. In der Heldenackerstraße in Heuweiler fanden sie ein Haus, das sie mieten konnten. Das Haus bot genügend Platz für die Familie. Im Keller wurde ein großer Raum für die Fixierbäder eingerichtet.

Die Bäder wurden nun in großen Wannen verarbeitet. Mit noch größeren Wannen konnten noch mehr Fixierbäder verarbeitet werden. Der Einsatz einer Wasserstrahlpumpe verbesserte und beschleunigte das Trocknen des Schlamms erheblich. Das Geschäft florierte. Das Silbergeschäft konnte nun weiter vorangetrieben werden.

Verbrennen von Röntgenfilmen

Gleichzeitig starteten die ersten Versuche mit dem Verbrennen von Röntgenfilmen. Das klappte zunächst überhaupt nicht. Sie zündeten die Filme einfach auf einer Wiese an und dachten, in der Asche sei nun Silber enthalten. Das war ein Irrtum. Die an die Degussa geschickten Pakete mit dieser Asche kosteten lediglich Bearbeitungsgebühren, brachten aber keinen Gewinn. Erst als klar wurde, dass sehr hohe Temperaturen bei der Verbrennung der Filme notwendig waren, brachten die ersten Versuche mit einem gusseisernen Kanonenofen einigermaßen brauchbare Ergebnisse. Also musste ein Platz gefunden werden, an dem mehrere Öfen aufgestellt werden konnten. Des Vaters Kontaktfreudigkeit im Dorf brachte den Erfolg. Bei einem Bauernhof in Hinterheuweiler wurden er fündig. Es handelte sich um eine alte aber noch brauchbare Hütte, die vor vielen Jahren einem Bauern als Unterstand für seine Bienenstöcke gedient hatte. Die Bienenstöcke gab es schon lange nicht mehr. Niemand hatte sich damals allerdings die Mühe gemacht, die Hütte abzureißen. Sie wurde von einem Baum, an den sie sich anlehnte, gehalten und war noch ausreichend stabil. Für die Zwecke, für die sie gebraucht wurde, war das Bienenhäuschen ideal. In ihr konnten die Röntgenfilme lagern, die seine Frau jeden Tag verbrannte. Das Dach war noch dicht, so dass die Filme nicht nass werden konnten. Die Hütte stand so abgelegen, weit abseits von jeder Straße und auch weit genug weg vom Bauernhof, zu dem sie gehörte, dass mit ungebetenen und neugierigen Besuchern kaum zu rechnen war. Nach einer Besichtigung war klar, dass sie den richtigen Platz für die Verbrennung der Filme gefunden hatten. Sie wurden sich mit der Bäuerin schnell einig, dass sie das Bienenhäuschen für einen geringen Betrag mieten konnten.

Hinter dem Hof wand sich in einer großen Rechtskurve ein steiler Landwirtschaftsweg durch ein Wäldchen, vorbei an einer Hangwiese bis zu dem Brennhäuschen. Es war ein unbefestigter Weg, der bei Regen und Schnee selbst mit dem Trecker nur schwer zu befahren war. Auch zu Fuß war es mühsam, durch den Matsch zur Hütte zu gelangen. Mehrmals musste der Weg im Laufe der Jahre mit Steinen und Kies provisorisch befestigt werden, da ansonsten selbst der starke und schwere Traktor die tiefen Spurrillen nicht mehr bewältigen konnte. Mit dem Schlepper transportierte der junge Bauer die Kästen und Kisten mit den Röntgenfilmen zur Hütte hinauf.

Der kleine ebene Platz vor der Hütte, auf dem die drei Öfen auf Bohlen standen, war mit Welleternit überdacht. Zudem war auf der einen Seite noch ein einfacher Windschutz angebracht, damit die Mutter auch bei schlechtem Wetter arbeiten konnte. Trotz dieser schlichten Schutzmaßnahmen war es bei schlechtem Wetter ein ungemütlicher Arbeitsplatz. Über viele Jahre hinweg stand die Mutter mit ihren gefärbten blonden Haaren, ihrer grauen Arbeitshose und einer Kittelschürze vor dem Bienenhäuschen und befeuerte die drei Kanonenöfen. Die Öfen waren innen mit feuerfestem Schamott ausgekleidet. Es war eine anstrengende und mühsame Arbeit. Tagtäglich, bei jedem Wetter, Filme zusammenrollen, die Ofenluke öffnen, die Filmrollen hineinstoßen und die Öffnung wieder verschließen.

Am Ende des Arbeitstages kratzte sie die kleinen Silberablagerungen von den Schamottwänden der Öfen, sammelte die silberhaltige Asche in einem Beutel, verstaute alles in einer Tasche und ging hinunter zum Bauernhof. Ihr Mann Eugen erwartete sie dort in der Regel mit dem Auto und die beiden fuhren mit ihrer Ausbeute nach Hause.

Die beiden Brüder, Peter und Günter, waren selten beim Bienenhäuschen. Gelegentlich, wenn sie gerade einmal zu Hause waren, halfen sie dem Bauern, die Kisten auf die Ladefläche des Traktors zu heben und diese dann am Häuschen wieder abzuladen. Nur wenn die Mutter krank war, was selten vorkam, wechselten sich die beiden mit dem Vater beim Verbrennen der Röntgenfilme jeweils für einige Tage ab, damit es keine Verdienstausfälle gab.

Das Bild ihrer Mutter, wie sie etwas rußgeschwärzt mit ihrer Kittelschürze vor dem Häuschen stand, Filme aus der Hütte holte, zusammenrollte und in die Öfen hineinstieß, wird ewig in Günters Gedächtnis eingebrannt bleiben. Als seine Mutter 1986 mit 64 Jahren an Lungenkrebs starb, blieb die Vermutung, dass das Verbrennen der Filme mit zu der tödlichen Krankheit beigetragen hatte. Der Rauch, der bei der Verbrennung der Filme entstand, enthielt große Mengen an Rußpartikel, die sie sicherlich auch einatmete. Zudem war seine Mutter starke Raucherin, man sah sie selten ohne eine Zigarette.

Der Bauernhof, zu dem die Hütte gehörte, wurde noch von der Witwe des Bauern und deren Sohn bewirtschaftet und bescherte den beiden ein mageres Einkommen. Die Bäuerin war eine einfache und herzensgute Frau, die von Anfang an gegen eine geringe Bezahlung mithalf, die in Papiertüten verpackten Röntgenfilme auszupacken. Sie stapelte die Filme in Kisten und Kartons. Die Papierhüllen bündelte sie für den Abtransport als Altpapier.

Die Krankenhäuser, aus denen bisher die Fixierbäder beschafft wurden, waren nach einigen Verhandlungen auch bereit, ihre Röntgenfilmarchive zu leeren, soweit das nach der gesetzlichen Aufbewahrungspflicht möglich war. Die Röntgenfilme wurden aus ganz Baden, der Schweiz und aus dem Elsass herbeigeschafft. Mit ihren Autos, Eugens Ford und den VW-Käfern von Peter und Günter, oder mit kleinen, gemieteten Transportern fuhren der Vater und die Brüder zu den Krankenhäusern, luden die in Papiertüten verpackten Filme in ihre Autos oder in den Transporter und fuhren nach Hause. Auf einer dieser Fahrten, unterwegs nach Straßburg, wurde

Günter von der Polizei auf der Autobahn gestoppt. Fahrzeugkontrolle. Die beiden Beamten meinten, dass der VW Käfer nicht mehr verkehrstauglich sei. Sie verlangten, dass er in ihrer Begleitung sofort zum TÜV in Freiburg fahren solle. Die TÜV – Mitarbeiter zögerten nicht lange und legten das Auto direkt still. Günter musste zu Fuß vom TÜV weggehen. Dazu kam noch eine Anzeige wegen des Fahrens mit einem verkehrsunsicheren Fahrzeug. Bald danach wurde er vom Amtsgericht Freiburg zu einer Geldstrafe von 200 DM und dazu noch vier Wochen Führerscheinentzug verurteilt. Ein völlig überzogenes Urteil, wie er meinte. Günter konnte sich zu dieser Zeit kein neues gebrauchtes Auto leisten und bekam erst ein halbes Jahr später wieder einen älteren Käfer. Nach diesem halben Jahr kam eines Tages der Glottertäler Dorfpolizist und wollte Günters Führerschein einziehen. Günter weigerte sich, da er die ganze Zeit kein Auto hatte und deshalb auch nicht gefahren sei. Der Polizist, ein älterer Mann, drohte ihm strenge Konsequenzen an. Günter übergab ihm den Führerschein nicht und hörte dann nie wieder von der Sache. Wahrscheinlich hatte der Polizist das rechtzeitige Abholen des Führerscheins verschlafen und scheute obendrein den Verwaltungsaufwand mit viel Papierkram.

Wenn es Filme abzuholen gab, hatten die drei immer einen langen und harten Arbeitstag. Für Fahrten in die Schweiz und ins Elsass, von wo meist größere Mengen Filme geholt werden konnten, engagierten sie eine Spedition, deren Fahrer gegen Entgelt auch beim Be- und Entladen des kleinen Lastwagens half. Es fuhr dann mit der Zeit stets derselbe Fahrer, denn dieser wusste um das sehr gute Trinkgeld für seine Hilfe.

Bei der Abholung der Filme war immer viel Improvisation im Spiel. Es war meist wenig geklärt. Wo genau die Filme in den Krankenhäusern abgeholt werden mussten, wer vor Ort dafür zuständig war und wieviel bezahlt werden musste, war häufig offen und wurde an Ort und Stelle verhandelt und geklärt. Vereinbart war immer nur der Zeitpunkt der Abholung und die ungefähre Menge der

Filme. Für alles Weitere mussten sie sich vor Ort etwas einfallen lassen.

Gelegentlich war es nötig, in der Schweiz oder in Frankreich zu übernachten. Alle diese Fahrten, ob mit oder ohne Übernachtung, waren in der Regel etwas abenteuerlich. Die Zollabfertigung war jedes Mal mit Aufregung verbunden, denn die Zollbeamten waren mit dieser Art Warenverkehr nicht vertraut. Durften die Röntgenfilme überhaupt ausgeführt werden? Schweizer und französische Zöllner waren hier völlig überfordert. Es gab keine klaren Richtlinien und die Beamten hatten Probleme, die Zollabfertigung vorzunehmen. Zwar lagen Aus- und Einfuhrgenehmigungen vom Hauptzollamt in Freiburg vor, aber vor Ort, an den verschiedenen Zollstellen an den Grenzen, klappte das nie reibungslos. Auch die deutschen Zöllner waren überfordert. Wenn die Eltern mit von der Partie waren, diskutierten sie die Zöllner in Grund und Boden. Die ließen die Mannschaft dann wohl schon aus reiner Verzweiflung weiterfahren. Röntgenfilme über die Grenze zu bringen, war weder alltäglich noch geläufig, aber legal. Mit der Zeit spielte sich der Ablauf etwas ein, vor allem wenn dieselben Zöllner Schicht hatten. Diese kannten die Truppe und ließen sie dann meist ohne große Probleme passieren. Vielleicht hatten die Zöllner einfach keine Lust mehr auf die heftigen Diskussionen. Die Filmtransporteure fuhren dann leicht schwitzend, aber zufrieden lächelnd nach Heuweiler. Die kleinen Mengen geschmuggelter Zigaretten aus der Schweiz und aus Frankreich entdeckte glücklicherweise nie jemand.

Die in Papiertüten verpackten Filme wurden beim Bauernhof in die Scheune getragen und zunächst dort gelagert, bis die Bäuerin Zeit fand, diese auszupacken.

Die Silberrückgewinnung aus den Röntgenfilmen klappte nun recht gut. Damit war, neben den Fixierbädern, eine neue Einnahmequelle erschlossen. Die agile Mutter verbrannte jeden Tag die in der

Hütte gelagerten Filme. Ständig musste für Nachschub gesorgt werden. Im Elsass fanden die Eltern durch Zufall einen Vermittler, der die Filme in den Krankenhäusern vor Ort organisierte. Die so beschafften Filme wurden dann in den Krankenhäusern abgeholt und nach Heuweiler gebracht. Die Zusammenarbeit klappte gut und die Vermittlungsgebühren hielten sich in Grenzen.

Auf dem öden Land

Für Günter, den unruhigen Jugendlichen, war der Umzug nach Heuweiler fürchterlich. Alle seine Freunde waren in Freiburg zu Hause, alle seine Aktivitäten waren auf Freiburg konzentriert. Aber er hatte ja noch das Moped von seinem Bruder. Sehr oft fuhr er alleine oder mit Rudi auf dem Sozius mit dem Moped in der Gegend herum. Nach Besuchen in verschiedenen Gasthäusern in der Umgebung von Heuweiler fuhren die beiden gelegentlich abends völlig betrunken über die Feldwege. Glücklicherweise ist bei solchen Alkoholfahrten nie etwas passiert. Rudi schlief nach solchen Abenden bei ihm in Heuweiler. Günters Eltern waren verzweifelt. Sie gingen so weit, sich beim Kreiswehrersatzamt in Freiburg zu erkundigen, ob es eine Möglichkeit gäbe, dass Günter nach der Schulzeit zur Bundeswehr eingezogen werden könnte. Vor allem sein Vater dachte, dass die Disziplin und Ordnung, die die Bundeswehr verlangte, ihm guttun würden. Da er aber wegen der einhundertprozentigen Kriegsversehrtheit seines Vaters keinen Wehrdienst ableisten musste, konnte die Idee nicht ohne seine Zustimmung umgesetzt werden. Die Eltern sprachen ihn allerdings nie darauf an, da sie wohl ahnten, dass er niemals damit einverstanden sein würde. Sie erzählten ihm erst viel später, dass sie diesen Versuch unternommen hatten.

So führte er sein Lotterleben mit Rudi weiter und es war gegen Ende der höheren Handelsschule eigentlich klar, dass die beiden keine Chance haben würden, die Abschlussprüfung zu schaffen.

Günters Mutter griff nun durch und verordnete ihm eine strenge häusliche Klausur. Er bekam absolutes Ausgehverbot und sie übte mit ihm kaufmännisches Rechnen, Stenographie, Wirtschaftslehre und alle andern Fächer. Jede freie Minute der Mutter war fürs Lernen mit ihrem Sohn reserviert, mit äußerstem Nachdruck führte sie die Nachhilfestunden durch. Er schaffte, dank des Drucks seiner Mutter, die Mittlere Reife mit knapper Not, aber er schaffte sie.

Der Starkstromelektriker

Doch was tun mit einer knapp bestandenen Mittleren Reife? Das Forstamt Freiburg suchte Lehrlinge; Günters Vater meinte, er solle Förster werden. Durch die Aufnahmeprüfung beim Forstamt fiel er sofort durch. Also zum Arbeitsamt. Testverfahren. Es kam heraus, dass er angeblich mathematisch begabt sei. Das war sowohl ihm als auch seiner Umwelt völlig neu. Der Berater meinte, er hätte eine gute Lehrstelle für ihn. Starkstromelektriker bei der AEG. Es war wohl eine der Stellen, die gerade frei waren und besetzt werden sollten. Der Berater kümmerte sich nicht um Günters Interessen oder seine Fähigkeiten. Da war eine Stelle und die hatte er zu akzeptieren. Er bewarb sich nach Absprache mit seinen Eltern um die Stelle und bekam sie.

Es wurde ein „Blaumann" gekauft und eines Montagmorgens stand er in Freiburg mit noch anderen Lehrlingen vor dem Tor der AEG nahe dem Siegesdenkmal in Freiburg. Ein alter Meister empfing sie und teilte ihnen gleich mit, wie das in der Werkstatt zu laufen hätte. Günter fühlte sich von Anfang an unwohl in dieser Umgebung. Jeder Lehrling musste in den Pausen für die Kollegen einkaufen gehen. Getränke, vor allem Bier, mussten sie beim Hausmeister besorgen. Einmal brachte er einem Gesellen statt eines Pils ein helles Bier. Dieser schrie ihn an: „Ja bist zu denn zu blöd, mir das richtige Bier zu bringen. Verschwinde und bring mir das von mir bestellte Bier". Günter ging wieder zum Hausmeister und wollte das Bier umtauschen. Dieser schrie ihn an: „Ja bist du denn zu blöd, das richtige Bier zu kaufen. Verschwinde, ich tausche das nicht um" und schickte ihn ständig weiterschimpfend weg. Er kaufte dann vom eigenen Geld das richtige Bier und brachte es dem Gesellen. Die Flasche mit dem falschen Bier behielt er für sich. „Lehrjahre sind keine Herrenjahre", das wusste jeder, aber für Günter war diese Behandlung unerträglich.

Abends nach Feierabend mussten die Stifte, so war die Bezeichnung für die Lehrlinge damals, die Werkstatt fegen und aus dem Dreck die Schrauben, die bei der Arbeit heruntergefallen waren, herausklauben. Die Schrauben mussten dann in einem kleinen Raum wieder in die richtigen Schraubenkästen einsortiert werden. Er hasste diese Arbeit und packte, wenn er an der Reihe war, die meisten Schrauben in die Taschen seines Blaumanns und nahm sie mit nach Hause. Dort sammelte sich in kurzer Zeit eine ganze Kiste voller verschiedener Schrauben an. Eine weitere Aufgabe der Lehrlinge war, Kabel zu strecken, so dass diese dann in die Schaltschränke, die in der Werkstatt hergestellt wurden, eingebaut werden konnten. Für die Streckung der Kabel ging man mit einer Kabelrolle in den Hof, schnitt entsprechend lange Stücke von der Rolle ab, band das eine Ende eines Kabelbündels an den Holm eines Geländers und zog am anderen Ende von Hand mit dem eigenen Köpergewicht so lange, bis die Kabel gerade gestreckt waren. Auch Günter musste eines Tages diese Aufgabe erledigen. „Das ist doch Unsinn", dachte er, da müsste es auch andere, einfachere Lösungen geben. Ihm fiel auch schnell eine ein. In der Werkstatt gab es eine große Laufkatze. Er band die auf Länge geschnittenen Kabel bündelweise an die Laufkatze und ließ diese dann von der Maschine strecken. Der Meister sah nach einiger Zeit Günters Tun und schrie ihn wutentbrannt an: „Bist du noch ganz normal, die Kabel so zu strecken". Er schimpfte gefühlte Stunden mit dem verdutzten Lehrling. Hätte er ihm erklärt, wie es dann ein Geselle tat, dass nämlich die Kabel, die so gestreckt worden waren, nicht mehr zu gebrauchen seien, da durch den starken Zug der Maschine der Kabelquerschnitt verändert würde, hätte er dies auch eingesehen, so aber nicht.

Der Meister meinte, in der Werkstatt sei er im Moment nicht zu gebrauchen, er solle in die Spritzerei gehen. Dort wurden die fertig geformten Bleche für die Schaltschränke gespritzt. Also spritzte er die Bleche mit Hammerschlaglack. Da konnte er alleine arbeiten und das war angenehm. Nicht so schön war der Gestank in der Spritzwerkstatt. Hier hatte er Erfolg, seine Arbeit als Lackierer wurde nicht beanstandet. Aber bald schon musste er wieder in die normale Werkstatt zurück.

In der Mittagspause zog er sich meistens schnell um, verließ die Werkstatt und ging die Kaiser-Joseph Straße entlang in die Stadt. Er setzte sich oft in ein Café und träumte sich weg von der Werkstatt mit den unangenehmen Kollegen. Ungern machte er sich nach der Pause auf den Weg zurück in die ungeliebte Werkstatt.

Nun galt es, Ösen zu biegen. Wieder so eine langweilige Arbeit für Lehrlinge, die aber erledigt werden musste. Dafür wurden zunächst die Kabelenden abisoliert. An dem abisolierten Ende wurde von Hand eine Öse gebogen, damit die geraden Kabel in die Schaltschränke eingebaut werden konnten. Günter setzte sich auf die Werkbank und bog Ösen. Plötzlich wurde er an den langen Haaren, die er zu dieser Zeit noch trug, von der Werkbank gerissen. Der Meist schrie: „Wir arbeiten hier im Stehen, sitzen kannst du zu Hause". Günter schaute den Meister an, legte Zange und Kabel nieder und verließ wortlos die Werkstatt. Das war zu viel. Er zog sich um und fuhr nach Hause. Zu Hause sagte er, dass er nicht mehr in diese Werkstatt zurückkehren werde.

Günter wird Bauzeichner

Seine Mutter erklärte sich damit einverstanden, dass er bei der AEG aufhören könne, wenn er eine neue Lehrstelle gefunden hätte. Also wieder zum Arbeitsamt und nach einer Lehrstelle gefragt. Ein anderer Berater, der etwas gewissenhafter war, nahm sich seiner an und führte ein ausführliches Gespräch mit Günter. Ein Architekt, so sagte er ihm, suche einen Bauzeichner - Lehrling. Sein Vater fuhr ihn zu dem Architekturbüro. Aber die Stelle war schon vergeben. Der freundliche Architekt rief einen Freund an und fragte, ob der noch einen Platz für einen Lehrling hätte. Ja, unter Umständen, wenn er sofort kommen könne. Sein Vater und er fuhren sofort hin. Günter hatte ein kurzes Bewerbungsgespräch mit dem Chef des Ingenieurbüros und konnte am Montag darauf in der Abteilung Straßenbau als Bauzeichner - Lehrling anfangen. Nach drei Monaten Quälerei als Starkstromelektriker - Lehrling fühlte er sich endlich frei. Weg von der Werkstatt und diesen Menschen dort. Als er ein letztes Mal zur AEG fuhr, um die Kündigung abzugeben und sich vom Meister zu verabschieden, sagte dieser: „Du hast dich ja hier nie wohlgefühlt, du glaubst wohl, du bist etwas Besseres."

Am einem Montagmorgen um 07:30 Uhr im Juli 1965 stand Günter vor dem Ingenieurbüro und fing als Bauzeichner-Lehrling an. Die Kollegen begrüßten ihn freundlich und er bekam einen Zeichentisch zugewiesen. Im Lager händigte man ihm seine Zeichenutensilien aus: Ein Satz Lineale, diverse Kreisschablonen, Dreikantmaßstab, Graphoskasten, verschiedene Bleistifte, Radiergummis und Rasierklingen zum sauberen Radieren. Später kamen noch Tuschefüller dazu. In der ersten Zeit durfte er nur mit Tuschefedern und Graphos zeichnen. Er lernte, mit einer in der Mitte geteilten Rasierklinge äußerst exakt falsch gezeichnete Linien auszukratzen. Es war spannend, mit den neuen Gerätschaften zu arbeiten. Geduldig übte er Normschrift schreiben. Eine Kunst war es auch, die großen Straßenbaupläne auf DIN A 4 so falten, dass diese in einen Leitzordner eingeheftet werden konnten. Seine ersten Arbeiten als Bauzeichner waren nicht gerade sehr abwechslungsreich. Sein direkter Vorgesetzter zeigte ihm zunächst wie man Querprofile zeichnet. Es war eine etwas eintönige Arbeit, aber auf diese Weise übte er den Umgang mit den Zeichengräten. Günter fühlte sich, trotz der etwas langweiligen Aufgabe, auf Anhieb wohl. Es gab im Zeichenbüro Freundliche Menschen, die sich um seine Arbeit kümmerten, ihm alles erklärten und ihn für seine Fortschritte lobten. Aber auch hier musste er als Lehrling für die Pause der Kollegen einkaufen gehen. Ein Vesper für jeden Kollegen besorgen und für manche Kolleginnen auch noch einen Teil ihres häuslichen Einkaufs erledigen. Das war lästig, aber selbstverständlich. An eineinhalb Tagen besuchte er die Berufsschule. Alle Schüler der Klasse waren Zeichnerlehrlinge, Hochbau, Wasserbau und Straßenbau. Die meisten waren motiviert und er kam mit fast allen gut aus.

Für die Industrie- und Handelskammer war ein Berichtsheft zu führen, in das für jeden Tag die im Büro erledigten Arbeiten eingetragen wurden. Sein Vater und der leitende Ingenieur mussten die Mappe kontrollieren und jede Woche unterschreiben. Das Berichtsheft zu führen, war nun nicht gerade eine bereichernde Arbeit. Am Berichtsheft konnte er nur zu Hause arbeiten. In einer Werbung sah Günter, dass es ein neues Zeichengerät gab, das angeblich viel besser war als die bisherigen Federn. Er fragte seinen Vater, ob er das Geld dafür bekäme. Mit Graphos und Federn könne man nicht mehr so gut zeichnen. Dieser lehnte ab. Günter quengelte und schimpfte so lange, bis er schließlich mit Unterstützung der Mutter das Geld für die neuen Tuschefüller erhielt. Er kaufte voll Freude das neue Zeichenset und begann mit der Arbeit. Er saß in Heuweiler an seinem Schreibtisch und fing an, für das Berichtsheft zu scheiben und zu zeichnen. Schnell stellte er fest, dass die neuen Gerätschaften nicht besser funktionierten als die alten Graphosfedern. Er wurde immer gereizter, weil er Mühe hatte, mit den neuen Federn ordentliche Ergebnisse zu erzielen. Er spürte, wie der Zorn in ihm aufstieg.

Schließlich, als wieder einmal nichts ging, schmiss er den neuen Zeichenfüller voller Wut an die Wand. Die Spitze des Füllers brach ab und das Zeichengerät war nicht mehr zu gebrauchen. Sein Zorn verrauchte und er nahm das Gerät und die Federn, packte es völlig frustriert wieder in das Etui und ließ es in seiner Schreibtischschublade verschwinden. Er hatte ein schlechtes Gewissen wegen seines Wutausbruchs. Um Fragen vorzubeugen, sagte er, dass er das Gerät mit ins Büro genommen hätte, um dort damit zu arbeiten.

Glück gehabt mit dem Käfer

Günter hatte inzwischen, er war nun 20 Jahre alt, von seinen Eltern zu Weihnachten einen alten VW Käfer geschenkt bekommen. Eben den Käfer, der ihm dann später bei einer Abholaktion von Röntgenfilmen von der Polizei beanstandet wurde.

Er fuhr gern und viel mit seinem neuen Auto, das sein ganzer Stolz war, in der Gegend herum. Vor allem aber konnte er nun mit dem Auto nach Freiburg zu seiner Lehrstelle fahren. Auch mit Rudi, der wie er die Mittlere Reife knapp geschafft hatte, fuhr er mit dem Auto zu verschiedenen Festen und Feiern ins Umland. Da meist viel Alkohol getrunken wurde, fuhr er oft angetrunken nach Hause nach Heuweiler.

Eines Nachts fuhr er wieder einmal von einem Fest betrunken nach Hause. Er fuhr zu schnell, schlief kurz am Steuer ein und das Auto schleuderte in das Feld neben der Straße. Glücklicherweise überschlug es sich nicht. Da stand er nun, schockiert, aber fast schon wieder nüchtern, mit seinem Auto in dem Acker und wusste nicht weiter. Es wurde ihm schmerzlich bewusst, dass er aus eigener Kraft nicht wieder aus dem Acker rauskommen würde. In diesem Moment kamen vier junge Männer in ihrem Auto vorbei, sahen den Käfer neben der Straße stehen und hielten an. Sie erkannten die Situation, stiegen aus und schoben Günters Wagen wieder auf die Landstraße zurück. Er bedankte sich und fuhr direkt nach Hause. Dort weckte er seinen Vater. Der sah sich den Schaden am Auto an und merkte, dass das Nummernschild fehlte. Er nahm Peter mit und die beiden fuhren zu der Stelle, an der Günter von der Straße abkam. Er hatte auch noch einen Leitpfosten umgefahren. Sie fanden das Nummernschild und fuhren wieder zurück. Die Standpauke ließ nicht auf sich warten. Aber letztlich waren alle froh, dass nicht mehr passiert war. Der Schaden am Auto selbst hielt sich in Grenzen. Die kleine Traktorwerkstatt in Heuweiler nahm sich des Autos an. Der Mechaniker bog alles wieder zurecht, montierte das Nummernschild und der Wagen war wieder fahrbereit. Von da an fuhr Günter etwas vorsichtiger.

Endlich eine Freundin

In der Zeit als Bauzeichnerlehrling im Jahr 1967 lernte er Antje kennen. Ein Freund hatte sie verkuppelt. Die beiden fanden Gefallen aneinander und trafen sich schnell regelmäßig. Er hatte sein eigenes Auto, konnte Antje abholen und wieder nach Hause fahren. Im Auto fingen sie an, ihre Körper zu erkunden und zu entdecken. Bevor Günter Antje in Emmendingen bei ihren Eltern absetzte, fuhren sie in eine einsame Gasse und beschäftigten sich mit sich und ihren Körpern. Noch im gleichen Jahr stellte Günter seine Freundin den Eltern vor und von nun an konnten sie ungestört in seinem Zimmer in Heuweiler beieinander sein. Es war eine herrliche und spannende Zeit. Sie blieben die nächsten 13 Jahre zusammen.

Im Ingenieurbüro war Günter bei Betriebsfeiern mit dabei.

Es wurde auch hier viel getrunken. Manchmal, wenn es wirklich zu viel Alkohol war, rief er auf Intervention seiner Kollegen, seine Freundin an, damit diese ihn abholte und nach Hause fuhr. Sie kam dann mit der Bahn, lud ihn in sein Auto ein und fuhr ihn nach Heuweiler. Es waren unruhige, aber schöne Zeiten. Er hatte eine Freundin, die zu ihm hielt und ihm seine Dummheiten nachsah.

Seine Leistungen im Zeichenbüro und in der Gewerbeschule wurden immer besser. Bald schon durfte er nahezu selbstständig kleine Projekte bearbeiten. Auch in der begleitenden Berufsschule lief es gut. Plötzlich merkte er, dass Lernen Spaß machen kann. Günter arbeitete viel und machte bereits früh Überstunden, damit er sich ein eigenes Reißzeug kaufen konnte. Es kostete über 100 DM und war sein ganzer Stolz. Zudem nahm er gelegentlich kleinere Arbeiten mit nach Hause, die ihm noch einen schmalen Nebenverdienst einbrachten.

Die Gesellenprüfung nach drei Jahren Lehre legte er im Frühjahr 1968 mit Bravour ab. Für das Berichtsheft, das er führen musste, erhielt er ein schriftliches Lob. Nun war er Bauzeichner. Er hatte eine abgeschlossene Berufsausbildung und war stolz auf sich.

Das eigene Haus

Endlich war es soweit, Mutters ewiger Traum vom eigenen Haus ging in Erfüllung. Sie drängte so lange, bis ihr Mann sich um ein Baugrundstück in Heuweiler kümmerte. Es gelang ihm, 1967 in Heuweiler im Wiesenweg ein Baugrundstück zu erwerben, das eigentlich nur an Einheimische hätte verkauft werden sollen. Es war ein schönes Hanggrundstück mit 1000 m². Das Projekt „eigenes Haus" konnte starten. Da sie aber keinerlei finanzielle Rücklagen für den Hausbau hatten, mussten sie einen Teil von Vaters Rente kapitalisieren, um mit dem Bau beginnen zu können. Viele Anträge und auch ärztliche Untersuchungen und Gutachten waren nötig, damit die Kapitalisierung genehmigt wurde. Nach einiger Suche entschieden Günters Eltern sich, ein Fertighaus zu bauen.

Der gesamte Keller wurde in Eigenregie gebaut. Jürgen, den die Familie aus Hölzlebruck kannte, war Maurer und zu der Zeit arbeitslos. Er sagte zu, mit der Familie den Keller hochzuziehen. Ein Architekt, ein Bekannter des Maurers, übernahm die Planung und

Bauleitung. Jürgen leitete die Arbeiten vor Ort und wies seine Hilfsmannschaft, die Familie Ganz sowie deren Verwandte und Freunde, in die notwendigen Arbeiten ein. Alle halfen mit. An den Wochenenden kamen Onkel, Tanten, Neffen und andere Freunde und arbeiteten gemeinsam an dem Keller. Es klappte sehr gut. Für den Baugrubenaushub brauchten sie einen Bagger. Die Fundamente wurden von Hand ausgegraben. Alle hatten nach dieser Aktion Blasen an den Händen. Günter arbeitete deshalb nur mit Handschuhen und erntete dafür den Spott des Maurers. Die Kellerwände bestanden aus Hohlblocksteinen, die mit Beton ausgefüllt wurden. Die schwierigste Arbeit war, die Deckenbalken aus Stahlbeton von Hand zu verlegen. Hier waren Kraft und Augenmaß gefragt. Aber unter der Leitung von Jürgen klappte das ohne größere Probleme. Nachdem der Keller fertiggestellt war, kamen die Monteure von der Fertighausfirma, prüften die Bauausführung und gaben grünes Licht für die Hauslieferung. Riesige Lastwagen brachten die Einzelteile des Hauses und montierten alles im Eiltempo. Im Frühjahr 1968 war das Haus bezugsfertig.

Hier nun, im eigenen Haus, mit einem großen Keller für die Fixierbäder konnte die Verarbeitung der Fixierbäder noch effizienter und effektiver ablaufen. Mehr Wannen ermöglichten die Bewältigung größerer Mengen von Bädern und mit dem Einsatz von vier Wasserstrahlpumpen war eine schnellere Trocknung des Schlamms möglich. Das Silbergeschäft boomte für einige Zeit. Deshalb versuchten Peter und Günter, auf diesen Zug aufzuspringen.

Versuch einer Selbstständigkeit

Peter und Günter hatten 1968 beide ihre Berufsausbildung abgeschlossen. Peter war Radio-Fernseh-Mechaniker und Günter Bauzeichner. Die beiden dachten daran, das Silbergeschäft der Eltern in eigener Regie weiter auszubauen. Die Eltern kauften einen VW-Bus, damit mehr Bäder geholt werden konnten. Die Brüder fuhren mit dem Bus noch tiefer in die Schweiz hinein, um von noch mehr Krankenhäusern Fixierbäder zu bekommen. Sie füllten die mitgebrachten 20-Liter Kanister, fuhren nach Hause und verarbeiteten die Bäder im Fixierkeller des neuen Hauses. Ihr Vater hatte ihnen dafür einen Teil des großen Kellers überlassen. Bald kamen die Brüder auf die Idee, große Tanks in den VW-Bus einzubauen, damit die Menge der gesammelten Fixierbäder noch weiter gesteigert werden konnte. Das klappte auch. Bei einer Fahrt durch die Schweiz mit fast vollen Tanks stoppte die Polizei das Fahrzeug. Sie mussten auf eine öffentliche Waage fahren und es war klar, dass das Auto überladen war. Ein Strafzettel war fällig. Sie redeten sich raus, dass sie ja nur die Fahrer wären und ansonsten keine Ahnung hätten. Peter und Günter durften weiterfahren – auf die Gefahr hin, dass sie an anderer Stelle wieder gestoppt würden. Da es nun schon spät war, kamen sie nicht mehr über die Grenze und mussten in der Schweiz übernachten. Am nächsten Morgen ging es dann nach Hause. Die Tanks wurden mit einem langen Schlauch direkt in den Fixierkeller entleert. Die übliche Verarbeitungsprozedur erbrachte kaum noch Gewinn, da inzwischen einige Krankenhäuser Stahlwolle in die Entwicklungstanks eingebracht hatten. An dieser Stahlwolle lagerte sich ein Teil des Silbers ab und wurde damit der Fixierflüssigkeit entzogen. Nachdem einige Male zu wenig Silber aus den Bädern gewonnen werden konnte, erkannten die Brüder, dass sie so nicht weiterarbeiten konnten. Das Geschäft mit den Schweizer Krankenhäusern musste aufgegeben werden. Das ursprünglich florierende Geschäft ging langsam immer mehr zurück. Auch der Vater bekam nicht mehr so viele Fixierbäder.

Günters Mutter hatte die Idee, dass es vielleicht möglich sein könnte, das Silbergeschäft in Österreich zu betreiben. Günter verfolgte den Gedanken und setzte sich schriftlich mit dem Magistrat der Stadt Wien in Verbindung. Nach einigem Schriftverkehr mit dem zuständigen Beamten erhielt Günter einen Termin für ein Gespräch. Im Sommer 1968 fuhr er mit Antje nach Wien, um dort die

Möglichkeit für das Silbergeschäft auszuloten. Er war zu jung und zu unerfahren, um das Geschäft anleiern zu können. Die Hürden für eine Arbeitserlaubnis und die für die Verarbeitung der Fixierbäder für Österreich waren zu hoch. Günter war enttäuscht, aber trotzdem nicht allzu sehr frustriert, denn er hatte nicht wirklich mit einem Erfolg gerechnet. So fuhren die beiden, nachdem sie sich noch ein paar wundervolle Tage zu zweit in der schönen Stadt gegönnt hatten, unverrichteter Dinge wieder nach Hause.

Der Vater betrieb das Silbergeschäft im kleineren Rahmen noch einige Jahre weiter. Er holte die Bäder aus der näheren Umgebung. Bad Krozingen, Müllheim und andere in der Nähe liegende Krankenhäuser lieferten noch genug Entwicklungsbäder für ihn. Erst um 1985 musste auch er das Silbergeschäft mit den Fixierbädern aufgeben. Er war inzwischen zu alt, um die Kanister tragen zu können. Da außerdem in manchen Kliniken inzwischen Entsilberungsanlagen in die Fixierwannen eingebaut worden waren, bekam er immer weniger noch silberhaltige Bäder. Es hatte sich in den Verwaltungen der Krankenhäuser herumgesprochen, dass man mit der Verarbeitung der Fixierbäder selbst Geld verdienen konnte. Mitte der 80er Jahre wurde er zudem Dialysepatient, da die Niere, die ihm nach der Nierentuberkulose noch verblieben war, nun auch versagte. Jetzt wäre eine weitere Arbeit nicht mehr möglich gewesen. Seine Frau, die krankheitsbedingt nun schon seit einiger Zeit in Rente war, pflegte ihren Garten, knüpfte Teppiche und strickte.

Bildung als Weg

Für die beiden Brüder aber konnte es so nicht weitergehen. Ihre Versuche im Silbergeschäft waren gescheitert. Zumindest konnten sie so ihren Lebensunterhalt nicht verdienen. Sie saßen viel zu Hause, halfen dem Vater mit den Fixierbädern, hatten aber sonst keine Beschäftigung. Es war eine schwierige Zeit für Peter und Günter. Was also tun? Beide hatten zwar ihre Berufsausbildung abgeschlossen, wollten aber nicht Radio- und Fernsehmechaniker oder Bauzeichner bleiben.

Da sie allerdings Geld verdienen mussten, fing Günter wieder an, als Bauzeichner zu arbeiten und Peter arbeitete nebenbei als Radio- und Fernsehmechaniker.

Aber es musste noch mehr geben. Diese unbefriedigende Situation trieb die beiden an, darüber nachzudenken, welchen weiteren Weg sie gehen konnten. Es war bereits der Gedanke entstanden, dass sie doch vielleicht weiter zur Schule gehen könnte. Die Technikerschule wäre für beide in ihrem jeweiligen Bereich eine Möglichkeit gewesen. Aber die Gedanken gingen weiter. Vielleicht doch das Abitur? Ob das nicht zu hoch gegriffen war?

1964 prägte der Pädagoge Picht den Begriff der deutschen Bildungskatastrophe. Er führte als Beispiel das fast schon legendäre katholische Mädchen von Lande an, das kaum je eine Chance hatte, eine höhere Bildung zu erwerben. Der Sputnik Schock bewirkte zudem, dass von der Bildungspolitik gefordert wurde, mehr jungen Menschen den Weg zum Abitur zu ermöglichen. In allen Medien war in dieser Zeit von Schule und Abitur die Rede. Man konnte fast schon zu dem Schluss kommen, dass man eigentlich nur mit Abitur ein richtiger Mensch wäre.

Der Gedanke vom Abitur setzte sich auch bei Peter und Günter fest. Als Anfangsunternehmung auf diesem Weg

besuchten die beiden in der Volkshochschule einen Mathematikkurs: Vom Einmaleins zum Integral. Nach dem Einmaleins mussten sie die Waffen strecken, denn von den weiteren mathematischen Inhalten verstanden sie nichts mehr. Der Kurs war eigentlich als Vorbereitung für das Abitur in Mathematik gedacht. Ziemlich niedergeschlagen fragten sie sich, ob sie nicht doch zu dumm für ein Abitur wären. Aber so leicht aufgeben wollten sie dann doch nicht.

Die Brüder erkundigten sich eingehend nach Möglichkeiten, das Abitur zu erwerben. Es blieb nur das Abendgymnasium, denn man musste ja seinen Lebensunterhalt verdienen. Es war Voraussetzung für das Abendgymnasium, dass man die Mittlere Reife und eine Berufsausbildung hatte und auch berufstätig war. Sie bewarben sich beim Leiter des Abendgymnasiums Freiburg. Die Klassen waren bereits voll, aber er setzte die beiden auf eine Warteliste, denn erfahrungsgemäß würden nach wenigen Wochen bereits einige Schüler aufgeben. Günter arbeitete seit dem Sommer wieder als Bauzeichner in seinem alten Büro und Peter plante für das kommende Jahr eine Reise mit seiner Freundin nach Australien zu deren Mutter, die dort lebte. Peter kam nach einigen Wochen dann ohne seine Freundin zurück und versank im persönlichen Chaos. Im November 1968, als Peter noch in Australien war, kam der Brief des Abendgymnasiums, dass Plätze frei geworden seien und die beiden kommen könnten. Günter kündigte seine Arbeit als Bauzeichner und fing sofort an der Abendschule an. Er musste seine Bauzeichnertätigkeit aufgeben, da damit auch viel Außendienst auf Baustellen und in der Vermessung verbunden gewesen wäre. Das war mit einer Abendschule nicht vereinbar. Jeden Abend musste er von 18:30 Uhr bis 22:00 Uhr in die Schule gehen.

Als Peter aus Australien zurückkam, konnte er nicht mehr in diese Klasse am Abendgymnasium einsteigen. Er jobbte zunächst und wurde dann Busfahrer.

Günter fand recht schnell eine Anstellung in einem Büromaschinengeschäft. Es war das Geschäft zweier alter Herren, ein Groß- u d Einzelhandel Schreibmaschinen. Die Tätigkeit in dem Büromaschinenladen war überschaubar und recht einfach. Er musste gelieferte Schreibmaschinen auspacken, im Laden verkaufen, Rechnungen schreiben und die Maschinen an Kunden ausliefern. Der Chef, bei dem er im Büro saß, kam meist erst spät am Vormittag, so dass Günter viele Freiheiten hatte. Günter bediente Kunden im Geschäft und erledigte einen Teil des Schriftverkehrs. Er konnte während seiner Bürozeiten gelegentlich Vokabeln lernen, was sehr hilfreich war.

Nach drei Monaten boten sie ihm im dritten Stock des Hauses, in dem sich das Geschäft befand, eine drei Zimmer Wohnung mit Küche an. Nach dem Einbau einer Waschecke in einem der Zimmer zogen Günter und Antje zusammen dort ein. Antjes Eltern durften nicht wissen, dass die beiden in „wilder Ehe", wie das damals hieß, zusammenlebten. Es war eine wirklich schlichte Wohnung mit der Toilette außerhalb im Zwischenstock. Da Günter um 18 Uhr aus dem Haus in die Schule ging, war Antje an den Abenden alleine zu Hause. Sie kümmerte sich um den Haushalt und versorgte Günter mit viel Engagement. Sie hielt ihm in jeder Beziehung den Rücken frei. Auch an den Wochenenden konnten sie nur wenig unternehmen, denn Günter musste lernen. Dass Antje trotz der schwierigen Umstände zu ihm hielt, ermöglichte es ihm, ohne große Probleme das Abendgymnasium zu besuchen. Als Trost für seine ständige Abwesenheit kaufte er ihr einen kleinen Hund, der ihr an den Abenden Gesellschaft leisten sollte. Das Tier wurde dann, als sie sich Jahre später trennten, zu ihren Eltern gegeben, die sich liebevoll um ihn kümmerten.

Als Günter in der Schule anfing, waren 45 Schülerinnen und Schüler in der Klasse, alles erwachsene Menschen, die sich vor allem ein berufliches Weiterkommen oder ein Studium wünschten. Nach einem Jahr hatte bereits etwa ein Drittel aufgegeben. Ein Grund dafür war, dass bestehende Beziehungen diese Belastung nicht aushielten. Beim Abitur im Jahre 1972 waren es letztlich noch 15 Schüler, von denen elf die allgemeine Hochschulreife erlangten.

Versuchungen

Das Schicksal konfrontierte Günter in dieser Zeit mit zwei schweren Entscheidungen.

Einer der beiden Besitzer bot ihm nach zwei Jahren Arbeit im Geschäft an, ihm seinen Anteil am Unternehmen zu überschreiben, da er keine Kinder hatte. Bedingung war, das Abendgymnasium sofort aufzugeben und sich nur noch der Firma zu widmen. Eine sehr schwere Entscheidung stand an. Günter bat, doch wenigstens das Abitur abschließen zu dürfen, denn es wäre ja nur noch ein Jahr bis dahin. Der alte Herr bestand darauf, dass er sich sofort entscheiden müsse. Seine Mutter riet ihm, das sensationelle Angebot anzunehmen. Ein halbes Miets-und Geschäftshaus an der Kaiser-Joseph-Straße in Freiburg, das könne man sich doch nicht entgehen lassen. Günter entschied sich dagegen und machte mit der Schule weiter.

Beim Ausliefern von Schreibmaschinen bekam er von einem Bauunternehmer das Angebot, sofort Angestellter in seinem Geschäft zu werden. Das Angebot war mit der Aussicht verbunden, bald eine leitende Position zu erhalten. Der Unternehmer hatte ihn bei der Einarbeitung der Frauen an den Schreibmaschinen beobachtet, bat ihn dann zu einem Gespräch und unterbreitete ihm das Angebot. Er brauchte einen persönlichen Referenten, also einen Mann „für alles". Das Angebot war ebenfalls verlockend, vor allem weil es ein zu der Zeit sehr gutes Gehalt versprach. Auch hier hätte er aber sofort die Schule aufgeben müssen. Er blieb in der Schule. Die Baufirma gibt es heute noch.

Das Abitur war ihm so wichtig, dass er allen materiellen Verlockungen widerstand. Seine Mutter fand das falsch, machte ihm Vorwürfe, dass er solche Chancen ausgeschlagen hatte. Er wollte das Abitur haben, wollte gebildet sein, wollte studieren. Gebildet fühlte er sich nie und hatte deshalb sein ganzes Leben lang Minderwertigkeitskomplexe.

1971 kam Günters Mutter eines Tages zu ihm in den Büromaschinenladen und sagte, dass sie, nachdem die Filmverbrennung beendet war, eine Kreditvermittlung eröffnen wolle und zu diesem Zweck sofort ein Zimmer in Günters und Antjes Wohnung in der

Kaiser-Joseph-Straße bräuchte. Sie brauche die Entscheidung sofort. Günter konnte das nicht ablehnen und entschied, dass seine Mutter ein Zimmer haben könne. Antje war zu dieser Zeit in Reutlingen für eine Weiterqualifizierung zur Sonderschullehrerin für geistig behinderte Kinder. Günter musste sie dann vor vollendete Tatsachen stellen. Sehr ungehalten über diese Entscheidung stimmte sie letztlich doch zu. Der Vermieter war auch einverstanden und so wurde das größte Zimmer der Drei-Zimmer-Wohnung Mutters Kreditvermittlungsbüro. Nach einer kurzen Einweisung klappte das mit der Kreditvermittlung für einige Zeit ziemlich gut. Es herrschte recht viel Publikumsverkehr, denn es gab genügend verzweifelte Menschen, die einen Kredit brauchten, den ihnen die Banken nicht mehr gewährten.

Im Jahr nach Mutters Einzug in die Wohnung, also 1972 legte Günter die Reifeprüfung ab. Jetzt hatte er das Abitur – und nun? Der Weg war frei für ein Studium.

Studieren – aber was?

Antje zog noch in diesem Jahr aus der gemeinsamen Wohnung in der Kaiser-Joseph-Straße aus. Sie bezog eine kleine Ein-Zimmer-Wohnung in Weingarten. Das mit der Kreditvermittlung klappte nach einiger Zeit aus ungeklärten Gründen nicht mehr so recht. Die Mutter gab das Geschäft noch 1972 auf, konnte die Wohnung also nicht übernehmen. Sie war einige Monate arbeitslos, und bewarb sich dann beim Arbeitsamt als Arbeitsvermittlerin und bekam nach einer gewissen Einarbeitungszeit die Stelle.

1982 ging sie dann mit 60 Jahren in Rente.

Jetzt galt es für Günter, ein sinnvolles Studium zu finden. Er bewarb sich für ein Medizinstudium, bekam die Zulassung und zog seine Bewerbung wieder zurück. Günter traute sich nicht zu, Latein und Chemie, die Fächer, die es am Abendgymnasium nicht gab, so aufzuholen, dass es für das Studium reichen würde. Bei seinen Recherchen erfuhr er, dass es in Konstanz einen neuen Studiengang für Verwaltungswissenschaften gab. Es war ein Studium mit einem Sammelsurium an Fächern, von denen man glaubte, ein Verwaltungsfachmann müsse diese beherrschen. Vieles lernen und nichts richtig. Eigentlich war das schon das, was Günter lag. Denn das Kind ohne Eigenschaften war zu einem Mann ohne Eigenschaften geworden. Er hatte bis dahin noch immer keine speziellen Interessen entwickelt.

Nach einem halben Jahr aber war klar, dass das Studium in Konstanz kein erfolgversprechender Weg werden würde. Anfangs studierte er noch fleißig. Von den vielen Studienfächern machte ihm Jura noch am meisten Spaß. Da aber klar war, dass er Konstanz wieder verlassen wollte, vernachlässigte er sein Studium zusehends. Er exmatrikulierte sich nach einem Jahr.

Was aber nun studieren? Vielleicht Jura? Alle rieten ihm vom Jurastudium ab: „Juristen gibt es wie Sand am Meer und am Ende bekommst du womöglich keine Stelle".

Der Entschluss für einen neuen Studiengang stand bald fest. Er hatte Bauzeichner gelernt. Also bewarb er sich an TU Karlsruhe für das Architekturstudium. Im Oktober 1973 schrieb er sich, mit inzwischen 28 Jahren, an der TU Karlsruhe ein. Nun wollte er doch noch ein großer Künstler und Architekt werden. Tief in seinem Inneren wusste er, dass er kein Künstler und keine sehr kreative Persönlichkeit war. Zwei Jahre, bis zum Vordiplom, studierte er mit heißem Bemühen. Jeder Entwurf von ihm wurde verbal auseinandergenommen und als kläglich hingestellt. Er selbst sah zwar auch, dass er kein großes, kreatives Architekturgenie war, aber so schlecht, wie die Professoren ihn hinstellten, fand er sich selbst doch nicht. Dabei hätte er, nach seinen vergeblichen Zeichenversuchen mit der Hansekogge, wissen können, dass Architektur, mit den großen künstlerischen und kreativen Anteilen, wohl nicht sein Spezialgebiet werden würde. In dieser Zeit fuhr er jedes Wochenende nach Freiburg zu Antje. Die Zeit in Karlsruhe war wegen seiner Architekturentwürfe eine spannende aber auch sehr frustrierende Zeit. Zwei Kommilitonen, mit denen er etwas näher befreundet war, gaben gleichzeitig mit ihm das Architekturstudium auf. Der eine ging an eine Ingenieurschule und der andere sattelte auf ein völlig anderes Gebiet um. Der Kontakt verlor sich schnell.

Zu Hause waren sie dann doch stark irritiert, als er von seinem Plan, das Studium erneut zu wechseln berichtete. Er war inzwischen 29 Jahre alt und hatte noch keinen Studienabschluss. Antje war zwar auch nicht glücklich mit der Situation, unterstützte ihn aber bei seiner Entscheidung. Er entschied sich für ein Lehramtsstudium an der Pädagogischen Hochschule in Freiburg. Ein PH - Studium war zeitlich überschaubar. Günter exmatrikulierte sich in Karlsruhe, und schrieb sich sofort an der PH in Freiburg für das Lehramt an Realschulen in den Fächern Biologie und Physik ein. Es folgte eine schwierige Zeit. Günter empfand den Wechsel von der Universität an die Pädagogische Hochschule als schmerzlichen Abstieg. Das war nicht leicht zu verkraften. Er war verzweifelt wegen seiner mangelnden Fähigkeiten. Zudem wurde BaFöG nach dem zweiten Studienwechsel nun nur noch auf Darlehensbasis gewährt. Er ging zu einer psychologischen Beratungsstelle und bekam dann, nachdem ein Gutachter seinen Fall beurteilt hatte, eine Psychoanalyse bewilligt. Zwei Jahre lang lag er wöchentlich dreimal auf der Couch. Diese Analyse hat ihm viele Erkenntnisse gebracht, Erkenntnisse über seine Vergangenheit und seine Persönlichkeit. Seine emotionalen Persönlichkeitsanteile kamen jedoch kaum zu ihrem Recht. Sein Fazit am Ende war, dass die Psychoanalyse für ihn letztlich keinen therapeutischen Wert gehabt hatte.

Das Studium an der Pädagogischen Hochschule in den Fächern Biologie und Physik war zwar anspruchsvoll aber wohl nicht mit einem Universitätsstudium in diesen Fächern zu vergleichen. Ein Mitglied seiner WG, in der er inzwischen wohnte, studierte Physik an der Universität Freiburg. Im direkten Vergleich erkannte Günter, dass an der Universität im Fach Physik doch sehr viel höhere theoretische Anforderungen gestellt wurden. Er war aber zufrieden mit seinen Leistungen in den beiden Fächern.

Während des Biologiestudiums mussten einige Exkursionen durchgeführt werden. Auf der Rückfahrt einer solchen Exkursion in die Österreichischen Alpen musste die Gruppe an der Schweizer Grenze halten. Alle Studenten mussten aussteigen und ihre Ausweise vorzeigen. Günter empfand das als reine Schikane. Er fand seinen Ausweis nicht. Er stand noch als einziger im Bus und suchte in seinem Rucksack nach seinem Ausweis. Ein Zollbeamter stand breitbeinig im Mittelgang des Busses, wippte auf den Zehen und wartete ungeduldig auf Günters Ausweis. Günter spürte, wie er immer unruhiger wurde und wie der Zorn in ihm aufstieg. Endlich, nach gefühlter unendlicher Zeit fand er seinen Ausweis in den Tiefen seines Rucksacks. Er holte ihn heraus und warf ihn dem Zöllner mit dem Wort „zufrieden" vor die Füße. Dieser schrie ihn an, er solle sofort aussteigen, er sei verhaftet, weil das eine Beamtenbeleidigung sei. Nur das freundliche und lange Reden seines Professors mit dem Leiter der Zollstelle machte es möglich, dass Günter weiter mit zurückfahren durfte.

Im Herbst 1978 konnte er endlich das Erste Staatsexamen erfolgreich ablegen. Das Thema der Ersten Staatsarbeit war eine Pflanzenbestandsaufnahme (mit Herbarium) des Feldseemoores am Feldsee unterhalb des Feldbergs.

Das Biologieexamen war nicht gerade herausragend, aber in Physik schnitt er sehr gut ab.

Ab Januar 1979 ging es zum Referendariat nach Weil am Rhein.

Ende 1979 trennte sich Antje von ihm. Der Grund war letztlich, dass Günter während des PH-Studiums eine Affäre mit einer Kommilitonin hatte.

Das Referendariat in Weil am Rhein verlief sehr zufriedenstellend. 1980 legte er das Zweite Staatsexamen ab. Nun fing wieder ein neuer Lebensabschnitt an. Günter als Lehrer – das hätte er sich noch vor Jahren nicht vorstellen können. Nun aber war es so.

Epilog

Wie ging es weiter mit Günter und Peter?

Günter trat 1980 seine erste Lehrerstelle als Realschullehrer für die Fächer Biologie und Physik in Endingen am Kaiserstuhl an. Sollte es das gewesen sein? Unruhe erfasste ihn und er suchte recht bald eine neue Herausforderung. Einen akademischen Grad wollte er erringen. Also blieb nur ein Studium übrig.

Neben einem vollen Deputat an der Schule studierte er an der Pädagogischen Hochschule Freiburg mit Erfolg Diplompädagogik. Nach vier Semestern Studium bekam er von seinem betreuenden Professor das Thema für eine Diplomarbeit. Thema: „Die Bildungsvorstellungen der Frühsozialisten am Beispiel von Wilhelm Weitling". Um die Diplomarbeit schreiben zu können, verbannte er seinen Fernseher für einige Monate in den Keller. So hatte er keine abendliche Ablenkung und konnte sich dem Schreiben der Diplomarbeit widmen.

Zudem erteilte er, staatlich genehmigt, nebenberuflich Unterricht in den Realschulkursen der Justizvollzugsanstalt Freiburg und an der Abendrealschule des Bildungswerks der Erzdiözese Freiburg.

Das Diplom allein befriedigte ihn nicht. Er wollte doch noch mehr. Also blieb nur eine Promotion übrig. Nachdem Günter einen Doktorvater gefunden hatte begann er mit einer Promotion. Thema der Dissertation, die sein Doktorvater ihm vorgab: „Die Schule im Spiegel der Karikatur von 1848 bis 1914".

1989 wurde er an die Hansjakob-Realschule in Freiburg versetzt.

1990 wurde Günters Sohn Alexander geboren.

1993 starb Günters Vater.

Im gleichen Jahr konnte er seine Promotion mit dem Rigorosum abschließen.

Durch einen glücklichen Zufall wurde er im Jahre 1994 Lehrbeauftragter für Biologiedidaktik und Pädagogik am Staatlichen Seminar für Didaktik und Lehrerbildung (Realschulen) in Freiburg.

Das staatliche Schulamt in Freiburg engagierte ihn dazu noch für fünf Jahre als Pädagogischen Berater.

Zudem arbeitete er ab dem Jahre 2000 über 15 Jahre als Schulbuchautor für Biologie beim Klett-Verlag in Stuttgart.

Er wurde 2004 zum Seminarschulrat am Realschulseminar Freiburg ernannt.

Im November 2011 ging er im Alter von 65 Jahren in Pension.

Peter studierte Medizin und eröffnete 1988 seine erste eigene Praxis in Freiburg. Er machte Zusatzausbildungen in Chirotherapie, Akupunktur und NLP (Neuro-Linguistische Programmierung). Dann aber widmete er sich fast ausschließlich der Homöopathie, in der er gute Erfolge erzielte.

Nachbemerkung

Ich möchte mich bei all denen bedanken, die den Text vorab gelesen und mich mit ihren wohlwollenden, konstruktiven und auch kritischen Anmerkungen zur Weiterarbeit angeregt und so zum Gelingen des Buches beigetragen haben.

Bis auf die Klarnamen der engsten Familie wurden alle im Buch vorkommenden Namen geändert.

„Prägungen" meint hier nicht nur die rein biologischen Prägungen, wie sie von der Verhaltenslehre (Ethologie) verstanden werden. In der Verhaltensforschung wird Prägung als Lernvorgang innerhalb bestimmter lernsensibler Phasen oder Lebensabschnitte (Lorenz & Leyhausen, 1968) verstanden. Das durch Prägung erworbene Verhalten ist weitgehend irreversibel.

Prägung meint hier den Begriff dafür, dass die auf den Menschen (wie allg. auf Organismen) einwirkenden Einflüsse nicht bloß als vorübergehende (befristete) Reize, sondern auch auf Dauer nachhaltig gestaltend und umgestaltend wirken. [...] Die ersten drei Jahre sind wichtig für die Entwicklung von Zutrauen, Zuneigung, Mitleid, Selbstvertrauen.

Vgl.: Dorsch: Lexikon der Psychologie, Hogrefe 2013 [16]

Die menschliche Persönlichkeit ist das Zusammenspiel von Temperament und Charakter. Das Temperament ist als die eher genetische Disposition des Menschen zu verstehen, während der Charakter die größtenteils erworbene, formbare Komponente eines Menschen darstellt.

FSC
www.fsc.org
MIX
Papier | Fördert
gute Waldnutzung
FSC® C083411

Zeitfracht Medien GmbH
Ferdinand-Jühlke-Straße 7
99095 Erfurt, Deutschland
produktsicherheit@kolibri360.de